명치나
맞지 않으면
다행이지

KB105990

이지원
산문집

명치나
맞지 않으면
다행이지

**이 책이
재수 없는 점**

비꼰다.

사소하다.

집요하다.

비난한다.

불평한다.

감정적이다.

노골적이다.

교수가 썼다.

잘난 척한다.

베스트셀러다.

비속어가 많다.

편견이 심하다.

쿨하지 못하다.

자기중심적이다.

힐링되지 않는다.

실명을 언급한다.

나무를 쓰러뜨렸다.

앞뒤가 맞지 않는다.

간과한 사실이 많다.

2016년 6월 이지원

차례

어느 카드 회사의 근성

아메리칸익스프레스라는 거지 같은 신용카드 회사가 있다. 나도 그 신용카드를 써 본 적이 없어서 서비스가 어떤지는 알 수 없다. 알고 싶지도 않다. 목에 칼이 들어오지 않는 한, 자의로 그 카드를 신청하는 일은 없을 것이다.

이유는 단 하나. 그놈들이 뿌리는 스팸 메일 때문이다. 덴버에 살던 시절부터 주소가 네 번이나 바뀐 지금까지[1] 이 미친놈들이 보내는 스팸 메일이 꾸준히 우리 집에 도달하고 있다. 내가 이사한 걸 어떻게 귀신같이 알아내는지 의문이다.

물론 스팸 메일을 보내는 건 이놈들만이 아니다. 다만 "Dear Jiwon, 당신은 선택받은 사람입니다."라고 새겨진 대형 규격 봉투에 별 쓸잘머리 없는 인쇄물 한 뭉치와 플라스틱으로 된 가짜 크레디트 카드를 동봉한 세계 최대의 쓰레기 우편 선물 세트를 한 달 간격으로 3년간 꾸준히 보낸 회사는 여

---

1   나는 2004년부터 2012년까지 미국 오하이오, 캘리포니아, 콜로라도, 버지니아를 옮겨 다니며 살았다.

기가 유일하다.

이 거지 같은 자이언트 쓰레기 메일, 아니 거의 소포 수준인 이 우편물을 보내는 아메리칸익스프레스 마케팅 팀장은 사디스트가 분명하다. 돈은 썩어나는데 어디다 써야 할지 막막하던 차에, 단 한 번의 손쉬운 입력만으로 수백만 개 메일이 자동으로 만들어지니, 시간과 노력이 들지 않는, 그야말로 낚이면 대박, 안 되도 그만인 일인 것이다.

하지만 받는 사람 입장에서는 혹시라도 누가 내 이름으로 신용카드를 만들어 쓸 것이 겁나서 매번 두터운 종이 뭉치를 갈갈이 찢어 버려야만 안심이 된다. 아마존 원시림이 사라져 가는 이 마당에 이따위 낭비는 범죄라고 봐도 좋다.

아메리칸익스프레스여, 정녕 생각이 있다면 이딴 광고는 이메일로 처보내도록 하시고, 니들이 버시는 돈의 단 1퍼센트만이라도 떼어서 아마존 원시림을 살리는 데 쓰시도록 하렴.

어느 카드 회사의 음모

　지치지 않는 아메리칸익스프레스의 우편 광고에 대항하기 위해 문서 세절기를 장만했다. 구입한 세절기에는 신용카드를 넣는 작은 투입구가 따로 있다. 광고 소포에 플라스틱으로 만든 가짜 카드가 붙어 있길래 잘됐다 싶어 함께 갈아 버렸다. 전단지와 가짜 카드가 세절기에 말려 들어가는 모습을 보며 문득 깨달았다.

　이건 음모다.

　카드사와 문구사가 결탁해서 문서 세절기를 팔아먹기 위해 우편 광고를 계속 보내는 거다. 그리고 나는 그들의 음모에 휘말려 30달러를 헌납했다. 세절기 판매 수익 중 몇 퍼센트를 아메리칸익스프레스에 떼 주는 거래였겠지. 젠장.

미국인과 잔디

미국 사람은 개를 기르고 잔디를 깎는다는 편견이 있다. 20여 년을 한국에서 산 내가 미국인이 될 수는 없겠지만(그렇게 되기도 싫고) 한 번쯤은 이곳 사람들처럼 살아 봐야겠다는 생각을 하고 있었다. 그리고 어제, 새로 이사 온 집 마당 잔디를 깎았다. 생각보다 손쉬워서 놀랐다. 이딴 일을 한답시고 윗도리를 벗고 온갖 폼 다 잡는 미국 아저씨들을 귀엽다고 느꼈다.

지나는 곳마다 일정히 다듬어지는 잔디를 보는 건 보람 있지만, 백화점에 진열된 수백만 원짜리 잔디 깎는 기계를 로망으로 삼을 정도로 끝내주게 재밌는 일인지는 아직 모르겠다.

미국인과 잔디2

낯선 이가 문을 두드렸다. 경계심을 불태우며 문을 열었다.

"옆집 사는 분 아들인데요. 마당 잔디를 깎다 보니 당신 집 마당까지 어렵지 않게 밀어 드릴 수 있겠더군요. 그렇게 해 드릴까요?"

나는 뜻밖의 제안에 당황하면서 머뭇거렸다.

"아…… 괜찮습니다. 물론…… 해 주신다는데 마다할 이유는 없지만…… 그래도……."

그분은 활짝 웃으며 말했다.

"돈은 안 받습니다. 이왕 하던 거 10분 더 보태죠. 맡겨 주세요."

그분은 15분여 땀을 뻘뻘 흘리면서 우리 집 마당 잔디를 깎으셨다. 나는 안에서 놀고 있기가 너무 미안해서 고개도 못 내밀고 찌그러져 있었다. 그리고 생각했다. 나도 기회가 오면 모르는 사람에게 묻지 마 호의를 베풀어야겠다고.

부주의한 까마귀 주의

파다다닥.

까마귀가 내 자전거 앞바퀴를 들이받았다. 순식간에 일어
난 일이라 정확한 정황은 파악하지 못했지만, 왼편에서 날아
와 바퀴를 들이받고 오른편 울타리에 쑤셔 박힌 것까지 눈으
로 확인했다. 나로 보자면 그다지 빨리 달리지도 않았다. 어떻
게 새라는 종자가 이런 어이없는 실수를 할 수 있지.

머리로 종을 때려서 선비를 구한 까치가 그랬듯, 위험에
처한 나를 구하기 위한 극단적 행동이었을까? 하지만 주변에
위협적이라고 할 만한 것은 거미줄밖에 없었다.

부주의한 까마귀는 울타리 구석에 쑤셔 박힌 채 미동도
하지 않았다. 새가 무서워, 건드리지 못하고 가던 길을 갔다.
나는 조류와 어류를 만지지 못한다.

나만 괴롭혀

성실히 사는 사람을 괴롭힌다. 안 그래도 비자를 영주권으로 바꾸는 작업을 진행하면서 미국 정부를 향한 내 신경이 날카로웠다.

그런데!

정지 신호를 안 지켜서 경찰서에 200달러 벌금을 내고, 차량 검사를 통과하기 위해 자동차 수리비로 500여 달러를 쓰고, 도시가스 난방비로 200달러를 지출하고, 세금 환급 서류를 준비하는 데 귀중한 반나절을 보내면서, 나의 참을성은 늘어날 대로 늘어난 고무줄이 됐다.

그런데……

그것도 모자랐는지, 법원으로부터 "배심원으로 참석하시오."라는 통지를 받았다. "싫어."라고 말하고 싶지만, 저항을 입에 담을 수 없는 암울한 현실. 한 달 동안 매주 한 번씩 재판에 참석하란다. "나는 미국 시민이 아닙니다."라고 항변했으나 법원 측은 묵묵부답. 이렇게 된 바에 완전히 삐뚤어져서 재판을 망쳐 버리면 어떨까.

감옥 가겠지.

　……나의 참을성은 한없이 늘어나는 엿가락이 됐다. 미국 대통령이 되어 세상을 바꿀 테다.

소통의 창구

에어컨 바람이 내 몸에 직접 쏟아지지 않게 설치한 바람막이가 떨어졌다.

그걸 다시 고정하려 의자를 딛고 올라가 보니, 절묘한 위치에 테이프가 말려 들어가 있었다. 그 테이프는 이 방을 오랫동안 쓰시다 돌아가신 고(故) 로버트 맥클로 교수께서 붙인 것이 분명하다. 맥클로 교수는 우리 학교[2]에서 오래 재직하신 선배 교수다. 불행히도 작년에 심장 마비로 돌아가셨다.

이걸 어떻게 붙였나 싶어 이리저리 매만지다 보니, 천정 타일 하나를 들어 올리면 통풍구와 천정 사이에 틈이 생기는데, 이곳에 테이프 끄트머리를 밀어 넣어 고정할 수 있음을 발견했다. 맥클로 교수도 지금의 나처럼 뭔가를 디디고 천정 이곳저곳을 매만지다가 이 틈을 발견했으리라.

망자와 작은 비밀을 나눴다는 사실에 기분이 들떴다.

---

2   이 글을 쓰던 당시 나는 미국에 있는 주립 대학에 재직 중이었다.

슈퍼 마리오와의 조우

"쏼라 쏼라……"

슈퍼 마리오와 똑같이 생긴 아저씨가 내게 말을 건넨다. 그분은 건물의 유지 보수를 담당하는 관리인이고, 남미 출신이며, 영어를 나만큼(혹은 나보다) 못한다. 스페인어가 섞인 영어로 뭐라 뭐라 하는데,

"교실 문이 어쩌고저쩌고…… 시계가 어쩌고저쩌고……"

한국어 액센트가 잔뜩 섞인 영어로 응수하니 그분도 내 말을 전혀 못 알아듣는 눈치다. 그렇게 우리는 5분 정도 결코 짧지 않은 대화를 나누고서 서로를 이해하지 못한 채 웃으며 헤어졌다.

Amigo.

미래인과 청소 로봇

국민학생일 때는 한없이 멀기만 하던 2010년 미래가 눈앞에 닥쳤다. 나에게 미래는 상대적인 개념이기도 하고 절대적인 개념이기도 하다. 2009년까지는 이걸 미래라고 말해야 할지 좀 망설였는데, 2010년부터는 확실히 미래다.(십진법에 얽매인 사고.)

며칠 있으면 도래할 미래인의 삶을 준비하기 위해 청소 로봇을 샀다. 아이로봇 룸바. 이 로봇은 혼자서 집안을 돌아다니며 먼지를 먹는다. 가지 말라고 표시해 놓은 곳은 가지 않는다. 가장 멋진 특기는 방의 외곽선을 따라 도는 벽 타기다. 두 번째 특기는 언어 능력. 열 개가 넘는 나랏말을 구사한다. 세 번째 특기는 자체 휴업. 힘들면 본부로 돌아가 휴식을 취한다.

이건 거의 인공지능 수준. 역시 미래인의 삶은 쾌적하고 윤택했다.

개선된 것처럼

　제품과 서비스를 개선하려면 많은 돈이 들고, 조직이 재편되는 데는 희생이 따른다. 물론, 제품과 서비스가 <u>개선된 것처럼</u> 보이게 하기는 무척 쉽다.

음모와 망상

　　같은 일터의 어떤 사람을 보며 쓸데없는 피해의식에 사로 잡히지 않도록 주의해야겠다고 다짐하는 요즘이다. 불이익이나 피해를 입는다는 느낌에 빠진 사람은 주위의 모든 집단과 개인이 저를 향해 악의를 품는다고 여기기 쉽다.

　　살다 보면 간혹 약자를 향한 악의가 실제로 존재하고, 그 악의에 따른 음모가 도사리는 때가 있다. 다만 그런 경우라 할지라도 되도록이면 일찌감치 그쪽 일을 깨끗이 잊고 그들의 게임에서 빠져나오는 것이 이롭다. 당신을 쥐어짜려는 잘못된 인간에게 아첨하고 투쟁해서 빌어먹느라 소모하는 노력을 당신을 필요로 하는 분야에서 새로운 시스템을 구축하는 일에 쏟는 편이 현명하지 않겠는가.

구원은 없다

    원자력 발전소는 좋은 의도로, 가능한 모든 안전 사항을 고려해서 만든 인공물이다. 그럼에도 인간의 영역 밖에 있는 어떤 거대한 힘에 짓눌려 통제를 벗어나는 모습을 보면 두렵기 짝이 없다. 여기에는 어떤 선악도, 구원도 없다. 자연(自然)은 그냥 그렇게 되는 것이다. 인간은 그저 기도할 뿐.

빛과 그림자

앞서 가던 트럭이 내 양보에 고맙다는 뜻으로 짧게 두 번 경적을 울리는 걸 보고, 호의를 표현할 수 있는 경적 소리가 따로 있으면 어떨까 상상했다. 하지만 이내 좋지 않은 생각임을 깨달았다. 부드러운 경적 같은 것을 만들어서 고맙거나 미안할 때 사용한다면, 지금 우리가 쓰는 보통의 경적은 무례하고 짜증 나는 소리로 인식되기 시작할 것이다. 지금보다도 훨씬! 선의의 표현을 얻는 동시에 적나라한 악의의 표현도 창조하는 셈이다.

선을 규정함과 동시에 악이 드러난다.

선(善)이란 그런 것이다. 인간이 따먹은 과일이 선과 혹은 악과가 아니라 선악과였음은 지당하다. 선한 것을 규정할 때마다 그에 속하지 않는 나머지는 악으로 치부된다. 경계해야 할 일이다.

안 되는 걸까

1998년 5월부터 지금까지 12년이 넘는 시간 동안 신형 삐삐, 이동전화, 스마트폰, 아이폰, 아이패드 등이 내 삶에 어떤 의미가 있는지 의심하며 살았다. 레이트어답터(late adopter)로서 자부심이 있지만, 논어답터(non adopter)가 될 수는 없다. 보이지 않는 손에 짓눌려 하릴없이 그런 잡다구리한 것들을 소유한다.

"싫으면 쓰지 마."라는 충고는 얕고 공허하다.

새롭고 멋지고 빠르고 편한 건 알겠는데, 그거 죄다 사려면 돈 들잖아. 학생과 월급쟁이는 따라잡기 힘들어. 원숭이 꽃신이 따로 없군. 단 이삼 년 만이라도 획기적인 신기능 발표를 보류하고 지금 있는 것들만 온전히 쓰면서 살면 안 될까.

……안 되겠지?

오리의 승리

관찰 결과, 거위는 오리보다 똑똑하다. 거위는 자동차가 오면 피하려고 움직이는 데 반해, 오리는 꿈쩍도 하지 않는다.

혹시!

오리는 자동차가 알아서 피해 간다는 사실을 눈치챈 걸까? 그렇다면 오리의 승리.

회의의 기술

회의석상에서 남의 말은 듣지 않고 자기 주장만 들이밀거나, 다른 사람 의견을 자기 논리로 끌어들여 이용하려는 사람이 있다. 이런 식으로는 비난과 반발을 일으킬 뿐, 일 진행에 전연 도움이 되질 않는다. 그리고 이런 병맛 짓거리를 회의의 기술로 착각하는 멍청이들이 있다.

현실

　현실주의자는 역사라는 시간의 큰 줄기에 잠시 몸을 기댔
다가 사라지는 하루살이다. 나약한 불평꾼은 안주하는 자신
의 모습을 현실적이라는 말로 포장하고, 앞날을 꿈꾸는 사람
을 세상 물정 모른다며 비웃는다.
　지금 우리가 딛고 서 있는 현실은 과거의 이상주의자들이
이끌어 낸 세계다. 과거의 현실이 그랬듯, 미래의 현실도 그러
할 것이다.

초현실

학교는 돈이 부족해서 직원 월급을 동결하고, 학생은 등록금이 비싸서 아르바이트를 하고, 학교 건물은 방학이라 텅 비었는데도 감기가 걸릴 정도로 에어컨을 빵빵하게 튼다.

황당한 점은 이 세 가지 상황이 모두 현실적으로 타당하다는 사실이다. 경제학 박사는 자초지종을 알지도 모르겠다.

반대 인정

네가 어떤 관점을 드러내는 순간부터 너를 지지하는 사람이 나타날 거야. 그리고 동시에 너의 관점에 반대하는 사람도 등장하겠지. 심지어 그들 중 몇몇은 너의 관점뿐 아니라 너라는 사람까지 싸잡아서 비난하기도 해. 세상 절반이 너에게 등을 돌린다고 해서 의기소침해질 필요는 없어. 관점이란 어떤 입장을 취하는 것. 반대편이 없는 관점 따위 존재하지 않아. 잘 생각해 봐. 너도 네가 반대하는 입장을 비난한 적이 있잖아. 세상 모두가 공감하는 관점을 취하고 싶다고? 여보세요. 그런 건 관점이 아니라 상식이라고 하는 거야.

하나도 못 알아들음

전 서울시 부시장 권영걸 교수는 서울의 대표 캐릭터 해치에 관해 다음과 같이 설명한다.

서울의 상징 해치 캐릭터는 서울의 역사와 함께한 상상의 동물 해치를 형상화한 것으로, 친근하고 해학적이면서도 돈후함을 살린 것이 특징이다. 이마 중앙, 목에 매달린 방울, 허리 등에 나타나는 나선형 문양은 조화와 화합의 태극 문양을 모티브로 한 것이며 이마 중앙의 나선형 문양 사이의 뿔은 선악, 옳고 그름을 분별하는 해치의 신비한 능력을 나타낸다. ……캐릭터의 주조색으로는 서울 대표 10색 중 은행노란색과 꽃담황토색을 원용하였다. 노란색은 한국 전통 색채 체계인 오방색 중 방위로는 중앙을, 오행으로는 토를 상징하는 동시에 직관, 포용, 풍요의 색으로 희망과 긍정의 메시지를 전달한다.

권영걸, 「서울을 디자인한다」(디자인하우스, 2010)

무슨 말인지 하나도 모르겠다. 무식해서 죄송합니다.

불안하지 않아서 불안하네요

떠도는 분위기는 디자이너라면 모름지기 음악에 조예가 깊고, 신형 카메라로 사진 찍기를 사랑하며, 무인양품이나 애플에서 어떤 하얀 물체를 구입해야 한다고 말하는 듯하다. 단 하나에도 해당되지 않는 나는 지금 불안해야 할까.

비용과 무게의 상관관계

뭘 하나 사면 그게 다 짐이다.
비싸면 비쌀수록 무겁다.

동전을 던지는 이유

함동윤은 광주가 고향인 대학 동창이다. 우리는 광주에서 목적 없이 만나 카페에서 하릴없이 시간을 보냈다. 카페에 앉아 있기도 지겨워지자 광주 시내 어디로든 나가자고 의논했다. 사실대로 말하자면 어디로 가야 예쁜 여자애들을 많이 볼 수 있을지를 따졌다. 함동윤이 나에게 A와 B 두 장소를 제시하고 선택을 맡겼다. 내가 선택하지 못하자 함동윤은 더는 안 되겠다는 듯이 나섰다.

"동전을 던져서 앞이 나오면 A, 뒤가 나오면 B로 간다."

뒷면이 나왔다. 내가 말했다.

"그럼 B로 가는 거네."

함동윤은 내 표정을 살피더니 이내 말했다.

"A로 가자."

"그럴 거면 동전 뒤집기는 왜 했어?"

"이것으로 너도 몰랐던 네 마음을 알게 됐잖아."

비흡연자의 소일거리

"고속버스 기다릴 때 보통 뭐 해?"

터미널에 가는 길에 함동윤이 물었다.

"글쎄. 이런저런 생각을 하거나, 스포츠 신문을 사서 읽기
도 하지. 갑자기 그건 왜?"

함동윤은 담배 연기와 함께 한숨을 내쉬며 말했다.

"담배 안 피우는 사람은 자투리 시간을 어떻게 보내는지
궁금했어."

욕망이라는 이름의 택시

유니콘보다 귀하다는 414번 버스를 눈앞에서 놓쳤다. 멀리서 택시가 오길래 손을 흔들었더니, 하이빔을 번쩍대며 미친듯이 달려오는 게 아닌가. 택시 안에 몸을 구겨 넣고 국민대학교로 가 달라고 말하자 기사님이 소리쳤다.

"으악! 오늘 내가 박사님을 만났구나!"

깜짝 놀라서 뛰쳐나올 뻔했다. 말투와 음량으로 판단하건대, 그것은 필시 나에게 건넨 말이 아니라 하느님께 아뢰는 외침이었다. 이윽고 그는 뭔가 알 수 없는 단어의 파편을 내뱉었다.

"학력…… 무학 세대…… 국민대…… 나는 무학……"

1분 정도 지났을 무렵부터 어느 정도 형식을 갖춘 말을 들을 수 있었다. 기사님은 79세이고, 6.25 사변 당시 국민학생이었다. 공산군이든 유엔군이든 두렵긴 매한가지고, 언제 목숨을 잃어도 이상하지 않은 위기의 시절이었다. 이 대목에서 그는 돌연 사자후를 토했다.

"공산당 아저씨, 살려 주세요!"

깜놀. 주행 중이잖아! 모골이 송연했다. 그가 같은 문장을 한 번 더 외치고 나서야, 나는 애초에 박사 학위가 없다고 솔직히 밝히지 않은 것을 후회했다.

"유엔군을 만나면 태극기를, 확!"

기사님은 급기야 운전대를 놓고 허리춤에서 태극기를 꺼내는 시늉을 했다. 젠장. 온몸의 근육이 수축하고 손잡이를 쥔 주먹에 힘이 들어갔다. 어깨에 담이 오는 것 같았다.

"공산당 아저씨가 살려 주면 잽싸게 도망갔지. 도망가서는 노래 부르는 일밖에 안 했어. 우리는 매일 노래를 부르고 다녔어."

아니나 다를까, 그는 이내 주정뱅이처럼 고래고래 노래를 불렀다. 술을 마신 상태였을지도 모른다.

"전우의 시체를 넘고 넘어, 앞으로 앞으로……"

육군 기갑가로 화답하고 싶었지만 참았다. 파란만장한 오분의 여정이 끝나고 가까스로 택시가 멈췄다. 이 길이 이토록 길게 느껴지기는 처음이었다.

"아직 카드 대지 마아, 으악! 콜록콜록."

카드 꺼내지도 않았는데……

택시에서 내려 두 발을 땅에 딛자 대지의 단단함이 새삼스러웠다. 지구야, 고마워.

과자 봉지를 뜯는 세 가지 방법

과자 봉지를 뜯는 방법에는 세 가지가 있다. 첫 번째는, 윗부분을 양손으로 꼬집듯이 잡아서 뜯는 방법이다. 휴대가 간편해서 혼자 먹기에 적합하다. 두 번째는, 배를 갈라서 넓게 펼치는 식이다. 이렇게 하면 포장지를 오목한 접시 모양으로 만들거나, 끝까지 펴서 돗자리처럼 만들 수 있다. 여럿이 모여 비둘기처럼 쪼아 먹기에 좋다. 마지막으로 세 번째는, 과자 봉지 윗부분에 있는 톱니 모양을 따라 옆구리를 트는 방법이다. 앞의 두 방법이 여의치 않을 때 별수 없이 이렇게 한다. 또는 놀이터에서 모르는 꼬마가 "아저씨, 이것 좀 열어 주세요."라고 부탁할 때에도 엿 먹으라는 심정으로 옆구리를 너덜너덜하게 뜯어서 건넨다.

얌체처럼 혼자 먹기 좋아하는 나는 첫 번째 방식을 애용한다. 과자 봉지를 끌어안고 있으면 누군가 "하나만 주세요." 구걸하기 마련이다. 자애로운 표정을 지으며 "먹고 싶은 만큼 집어."라고 말한다. 이 얼마나 아름다운 교감인가. 있는 대로 모조리 내보여서는 생색을 낼 수 없다. 환히 열린 과자 봉지는

첫 번째 방법으로 과자봉지 뜯기

오며 가며 손을 넣을 수 있는 기부재가 아닌가. 회사나 학교에서 이렇게 열어 젖혔다간 개나 소나 와르르 달려들어 몇 초 못 버티고 거덜나기 십상이다. 정작 나는 두어 개밖에 먹지 못했는데!

하지만 짜증 나게도 대다수 과자 봉지가 첫 번째 방법으로 잘 열리지 않는다. 과자 공장 놈들이 본드를 어찌나 단단하게 붙이는지 손에 쥐가 나게 당겨도 안 뜯어진다. 쉽게 포기하기 어렵다. 오기가 생겨서 미친 듯이 쥐고 흔들어 대지만, 이런 건 한번 안 되면 계속 안 된다. 패배를 시인하고 세 번째 방법으로 전환하며 알게 된다. 그들은 톱니 모양 재단을 통해 이곳을 찢으라고 지시했구나. 어머! 심지어 자르는 선이라고 적어 놨네. 열 받는 일이다. 나는 깔끔하게 뚫린 봉투를 들고 우아하게 먹고 싶다. 어째서 내가 너덜너덜한 꼬리가 달린 포장지를 감당해야 하는가.

이런 불편은 라면 스프를 뜯을 때 극도에 달한다. 면발을 꼬들하게 익히기 위해 촌각을 다투는 상황에서 제대로 열리지 않는 스프 봉투를 만나면 고혈압으로 쓰러질 것 같다. 신라면 스프는 완전히 열리지 않고 작은 구멍만 나기 일쑤다. 명함보다 작은 포켓을 붙잡고 실랑이를 하는 사이, 라면은 우동 면발처럼 불어 터지고, 세상에 잘될 일은 하나도 없으리란 절망감이 나를 덮친다. 뽀또 포장지는 비닐이 늘어나서 과자가 으스러진다. 초코하임은 어떤가. 초코하임 포장지를 만드는 공장에 도시락 폭탄을 던지고 싶었던 적이 한두 번이 아니다. 뭐니 뭐니 해도 최악은 후렌치파이 껍데기다. 포장지라고 부를 가치조차 없다. 이건 그냥 과자가 아니라 파이라고! 잼과 사돈을 맺은 껍데기를 아무리 조심스레 들어내도 파이 부스러기 100조각이 날리는 걸 막을 순 없다. 실내에서는 감히 꺼낼 엄두조차 나지 않는 상품이다.

이런 일을 겪을 때마다 제과 회사 CEO님께 전화를 걸고 싶어진다. 농담이 아니다. 실제로 롯데제과 사장 이름이 김용수라는 사실까지 알아냈다. 잘난 글로벌 기업으로 성장하기 전에 먼저 과자 봉지부터 제대로 만들면 안 되겠냐고 제안할 참이었다. 물론 내선 번호는 알 수 없었다. 김용수 사장은 허니버터칩 봉투를 첫 번째 방법으로 열기 위해서는 아이언맨 슈트를 입어야만 한다는 사실을 알고 있을까? 본인이 직접 열어 보긴 했을까? 아니라고 확신한다. 왜냐면 질소로 빵빵하게 채워진 그 빌어먹을 과자 봉지는 죽어도 안 열리기 때문이다. 한 번이라도 시도했다면 분노를 이기지 못해 하청 업체를 잡아 족쳤으리라.

김 사장은 과자를 만들어 파는 일을 하면서 왜 포장 제작에 신경을 쓰지 않을까. 김 사장은 다른 사람에게 과자를 만들어 팔 만큼 과자를 사랑할까? 이것은 중요한 문제다. 자신이 만드는 물건을 사랑하지 않는 사람이 좋은 물건을 만들어 낼 리가 없다. 인간으로 태어나 다행이라고 느끼게 해 줄 정도로 훌륭한 사물은 누군가의 과도한 집착에서 탄생한다.

세상이 삐뚤어져서 이른바 CEO라는 직책이 뭔가 대단한 것인 양 떠드는데, 사실 경영자나 영업 담당자는 뭣 하나 만들 수 없는 별 볼 일 없는 인간이다. 그럴 리 없지만, 김용수 사장에게 전화를 거는 데 성공했다고 치자. 실크 넥타이를 맨 그는 말할 것이다.

"개발 담당자에게 문의하셔야죠."

말쑥한 셔츠를 입은 개발 담당자도 주저 없이 말하겠지.

"천안 공장에 문의하세요."

터프한 작업복을 입은 천안 공장 공장장은 위잉위잉 돌아가는 기계 소리를 의식하여 큰 목소리로 대응할 터다.

"원래 그래요. 그래야 단가를 맞출 것 아닙니까. 봉투는 여기서 안 만들고요. 납품 업체가 따로 있어요. 본사에 물어보시든지."

우리는 만든 사람 없이 만들어진 물건에 둘러싸여 산다. 내가 사는 아파트는 위아래 집과 한 지붕 세 가족이라고 할 만큼 서로의 일상을 청취하며 오손도손 살아간다. 지금 이 글을 쓰는 중에도 바로 내 머리 위에서 어느 초등학생의 노랫소리가 맑게 울려 퍼지는 중이다. 아랫집은 우리 애들이 뛰어다닌다고 항의했다. 나는 윗집 애들이 레슬링하며 꽥꽥거리길래 살인 사건이 났다고 경비실에 제보했다. 내가 경비였다면 이렇게 말했으리라.

"다들 소란스럽기는 마찬가지니 위아래층 바꿔서 살아 보시든지."

이쯤 되면 가벽을 친 것만도 못한 이 아파트를 누가 만들었는지 궁금해진다. 하지만 따지려 한들 소용없다. 누구에게 불평할 것인가. 뉴타운 아파트는 누가 만든 것이 아니다. 돈의 흐름과 사람의 욕심, 그 욕심을 이용해 제 욕심을 채우는 사람들의 의지가 낳은 산물이다. 이 다세대 건물에 자부심을 느끼는 사람은 이영애 씨와 고소영 씨밖에 없다. 하지만 그분들은 여기에 살지 않는다. 건설회사 회장도 마찬가지다. 현수막에 적힌 "건설사는 각성하라."라는 문구는 도대체 누가 읽게 되는가. 애초에 자신이 <u>건설사</u>라고 생각하는 사람이 없는데. 우홋.

이런 세상에도 만든 사람의 애착이 담긴 상품은 존재한다. 일례로 내가 아껴 쓰는 파버카스텔(Faber-Castell)[3] 만년필이 그렇다. 요즘엔 실용성을 이유로 펜글씨를 거의 쓰지 않지만, 그래도 가끔 폼 잡고 쓸라 치면 묵직한 파버카스텔을 손에 쥐고 휘두른다는 생각에 일찌감치 기분이 좋아진다. 3만 원에 구입할 수 있는 저가 보급형이라고 믿기 어려울 만큼 품질이 뛰어나다. 새삼스러운 묵직함, 차가운 금속 질감, 여기에 더해 켄트지 같은 거친 종이가 받쳐 준다면 글씨를 쓰는 절묘한 감촉과 잉크의 번짐이 선사하는 맛은 가히 W호텔의 초콜릿 푸딩보다 매혹적이다. 살아가면서 이런 물건을 곁에 두고 꺼내어 누릴 수 있음은 축복이다. 이것을 만드느라 수고한 여러 분들께 절로 고개가 숙여진다. 파버카스텔 사를 창업하신 독일인 카스파르 파버 씨를 비롯해 지금껏 이 회사에서 많은 제품을 설계한 만년필 오덕들, 부품을 만든 하청 업체 직원들, 중국 공장에서 제품을 조립한 직원들이 나를 보며 만족하는 표정과 그들을 향해 존경의 묵례를 하는 내 모습이 눈에 선하다.

수많은 영혼 없는 제품의 틈바구니에서 명품은 보석처럼 밝게 빛나기 마련이다. 심지어 시간이 지날수록 그 가치가 더욱 높아진다. 명품(名品). 이름난 물건이라니! 멋지지 않은가. 명품이라 하니 우주선만큼 비싼 베르사체 핸드백이나 슈발

---

3 독일의 필기구 회사. 1761년 캐비닛 제조업자였던 카스파르 파버(Kaspar Faber)가 설립했다. 대형 필기구 생산업체 가운데 가장 오래된 회사다.

로브스키 다이아몬드 목걸이가 떠오르겠지만, 반드시 장인이 한 땀씩 만들어야만 명품이 되는 것은 아니다. 중국 공장에서 대량으로 생산하더라도, 진지하게 고민하고 세심히 계획하며 경영자(라고 쓰고 비단 넥타이를 매고 거들먹거리는 멍청이라고 읽는다.)가 간섭하지 않는다면 얼마든지 명품이 탄생할 수 있다.

요 몇 년 새에 다소 품격이 떨어지긴 했지만, 레고는 자타 공인 블록 세계의 명품이다. 레고는 블록의 모든 사항을 완벽히 규격화하여 결합의 가능성이라는 추상적 문법을 장난감에 부여했다. 토이저러스 가판대를 채운 변신 로봇이나 주방 놀이 같은 쓰레기와는 상대되질 않는다. 레고는 지금 이 시간에도 공장에서 블록을 찍어 내는 중이고 전 세계에 이토록 흔하게 뿌려진 장난감이 없을 정도지만, 블록끼리 부드럽게 맞물리는 느낌은 여태껏 그 어떤 다른 회사도 흉내 낼 수 없을 정도로 우아하다. 돈푼이나 벌 욕심에 레고를 그대로 모방한 거지 같은 블록 완구들은 모두 처참한 완성도를 보이며 패배를 고했다. 내가 30년 전에 가지고 놀았던 레고 블록을 아들이 그대로 물려받아 쓰는 데 반해, 요즘 유행하는 또봇이니 탑블레이드니 하는 것들은 과연 몇 년이나 갈지 궁금하다. 쓰레기치고는 오래갈지도 모르지만.

사람과 사물의 관계를 올바르게 맺어 주는 배려가 귀하다. 사람들은 무엇에 홀렸는지 유통과 영업, 홍보만 잘하면 모두가 행복해질 것처럼 떠들어 댄다. 때깔 나는 광고를 내걸고 이마트에 입점하기만 하면 만사형통일까? 생각해 볼 문제다. 나는 비교적 물건을 사들이지 않는 축에 속하지만, 이 문제로부터 자유롭지는 않다. 21세기 대한민국은 기업의 문화로 채

색되고 상업적 제품이 뿜는 냄새가 가득한 곳이다. 우리는 기업과 공장이 만든 물건에 둘러싸여 살아간다. 도시의 풍경, 대형 마트의 진열대, 회사의 인테리어, 옷, 신발, 안경, 그릇, 그밖의 온갖 잡동사니…… 삶이 펼쳐지는 무대가 순간적인 인기에 영합한 상품으로 채워지는 현실이 우울하다.

저급하기 짝이 없는 삼성 프린터 복합기나 한샘 주방 식탁을 이삿짐으로 짊어지고 살아가는 우리를 동정하기는, 선조나 후손이나 마찬가지일 터다. 인류는 여러 분야에서 괄목한 만한 성취를 이뤘지만, 사물을 만드는 능력에 있어서는 지난 100년 동안 퇴보를 거듭했다. 과거에는 양이 적기는 했으나 수준 있는 물건을 적당히 만들어 썼고, 소모품은 간단히 버릴 수도 있었다. 효령대군과 이 문제에 관해 토론한다면 나는 웃음거리가 될 게 뻔하다.[4]

"2016년에 의걸이장[5]을 장만하려면 30일 치 품삯이 듭니다. 그렇게 비싸게 구입했어도 사람들은 이사할 때 쓰던 것을 버리고 으레 새것을 삽니다. 집 밖으로 내다 버리기 위해서 스티커라는 것을 사서 붙입니다. 그래야만 다른 사람이 그걸 땅에 파묻어 주거든요."

뭐든지 죄책감 없이 버릴 수 있었던 선조들이 부럽다. 나는 멍청한 과자 봉지 하나를 버릴 때도 이것이 어디에서 누구의 숨통을 막을지를 걱정해야 한다. 교양과 의식을 갖춘 사람이라도 온갖 가구와 수천 가지 물건을 쓰레기통에 쑤셔 박는 라이프스타일을 거부하기란 불가능하다. 일단 마트에서 구매

---

4   나는 전주 이씨, 효령대군 24대손이다.

5   두루막, 도포 등 의류를 보관하는 용도의 조선 시대 가구

한 상품은 집에 내려놓자마자 총 부피의 7할을 쓰레기통에 버려야 하니까.

"만든 사람이 없다."라고 관념적으로 말했지만, 물론 모든 사물에는 제작자가 있다. 단지 알려지지 않을 뿐이다. 좋은 물건을 만드는 데 흥미가 있는 사람은 돈을 버는 일에는 관심이 없다. 최대의 이윤이라는 떨떠름한 목표를 추구하는 사람은 경영자다. 현대 사회의 비극은 여기서 발생한다. 상품이 세상에 나오기까지의 모든 중요한 결정을 경영자가 내린다. 당연히 경영자는 좋은 물건을 만드는 데는 관심이 없다. 그들에게 과자 봉지를 쾌적하게 만들어 달라고 부탁해 봤자 귓등으로도 듣지 않는다. 오로지 단가와 세금, 글로벌 무역을 말할 뿐이다. 그 사실을 알기에 롯데제과 김용수 사장에게 전화 걸기를 포기했다. 경영자가 왕 노릇을 하는 종합 상사에는 아무 기대도 할 수 없으니, 오늘도 나는 이마트에서 물이 빠지지 않는 플라스틱 비누각과 원하는 대로 뜯어지지 않는 과자 봉지를 묵묵히 집어 올 뿐이다. 아, 짜증 나.

안녕하세요, 파리바게트입니다

교수님이 혐오하시는 삼성 이부진 개인 사업장인데 괜찮으시
겠어요?

김우이, 페이스북 메시지

마땅히 아는 장소가 없어 네이버 지도에서 검색한 카페
가 하필 그곳이다. 친애하는 이부진 씨의 사업장을 약속 장소
로 선택한 우연은 둘째 치고, 핀란드로 이민 간 김우이가 종
로구 등기부 등본을 떼고 있음이 더 신기하다. 아니면 나만
몰랐나. 아내에게 얘기하니 대뜸 "아, 거기?"라며 아는 티가
난다. 코미디 프로그램을 제외하고는 TV를 거의 보지 않고,
고작 포털 다음(DAUM) 연예란에서 「최근 살 빼고 더 예뻐진
걸그룹 멤버」 따위 가십이나 읽으니, 어디가 누구 사업장인지
어느 정당이 이름을 바꿨는지 제대로 알 턱이 있나. 세상살이
에 도움이 되는 뉴스를 외면하고 계속 이런 식으로 살다간 전
세계로부터 따돌림을 당할지도 모른다. 2016년부터 남탕에서
젖꼭지를 가리는 게 예의, 대머리가 모자를 쓰지 않으면 10만
원 이하 과태료 부과. 예를 들어 이런 풍속이 생겨났을 때, 나

만 모르고 있다가 본의 아니게 변태로 몰리는 건 아닌지 불안하다.

그런 면에서 서머타임[6]은 참으로 위험천만한 제도다. "다 같이 시계를 한 바퀴 돌려 놓자."라고 멋대로 정하면, 소식을 듣지 못한 사람은 어쩌란 말인가. 초강대국 미국이 이따위 어처구니없는 시간제를 꾸준히 시행 중이라는 사실이 놀랍다. 설상가상 미국의 일부 지역은 동참하지 않는다는데, 미쳐도 단단히 미쳤다. 서머타임에 합류하지 못해 큰 손해를 본 사례가 많지 않을까? 누군가 목숨을 잃었을지도 모른다. 효율성을 내세워 시간을 바꾸다니. 효율적이라면 단체로 성별도 바꾸자고 할 인간들이다.(앗, 나쁘지 않군.)

"여기는 뭐가 맛있어요?"

아티제에 입성한 나는 긴장한 나머지 커피 메뉴판 앞에서 이렇게 묻고 말았다. ~~바보 바보 바보~~. 낯선 환경에 처하면(그 환경이 고급스러울수록) 쓸데없이 긴장하는 편이다. 화장이 서투른 점원은 스토커 전남친을 만난 것 같은 불쾌한 표정을 지었다. 재빨리 실수를 만회하기 위해 '마누카 허니 비엔나'를 주문했다. 석양이 아름다운 오후에는 역시 마누카 허니라는 듯한 익숙한 느낌으로.

"삼성카드 할인되나요?"

"아뇨. 삼성카드는 안 되는데요."

---

6 사실 서머타임(Summer Time)은 영국식 표현이고, 미국에서는 일광 절약 시간제(Daylight Saving Time)라고 한다. 여름 일정 기간 동안 표준시를 1시간 당겨서 조정하는 시간제다. 전기 조명 사용 시간을 단축하여 에너지 소비를 줄이는 효과를 노린다. 우리나라도 시행한 적이 있으나, 2016년 현재는 폐지한 상태다.

의외였지만 내색하지 않았다. 매장은 재수 없게 훌륭했다. 통유리 너머로 북촌 기와지붕이 파도처럼 넘실댄다. 모던한 흰색 벽, 노출 콘크리트 바닥, 북유럽 감성의 원목 가구, 거기에 한옥 양식을 충실히 재현한 천정. 자본의 힘은 역시 위대해. 대출을 낀 서민의 창업과는 배포가 다르다. 남자 화장실 변기에 비데가 있다. 따끈한 변기 커버를 맨살로 느끼며 여기 오길 잘했다고 생각했다. 뭐니 뭐니 해도 밝고 고급스러운 게 제일이다. 마누카 허니 비엔나에서는 산미가 느껴졌다. 커피와 꿀이 서로 부둥켜안고 서툴게 애무하는 장면이 떠올랐다.

한옥 호텔 허가받기에 여념이 없을 이부진 씨께서 구멍가게 빼곡한 이 동네에 커피숍을 차리시어 잔돈을 챙기시는 속내를 모르겠다. 빵빵 터지는 초대형 사업도 많이 있을 텐데. 나 같은 사람은 알 수 없는 어른의 이유가 있겠지. 김우이가 한 말의 정확한 의미는 뭘까? "교수님이 혐오하시는" 대상은 삼성인가 이부진 씨인가? 이부진 씨와는 인사 한 번 나눈 적 없는 생면부지 사이다. 그녀는 이 세상에 내가 존재하는 줄 꿈에도 모른다. 예전에 어떤 갤러리에 갔다가 먼발치에서 본 적이 있는데, 강한 아우라에 심장이 쪼글아들었던 기억이 있다.

삼성을 향한 증오라고는 하지만 그 대상의 정체는 묘연하다. 삼성은 손에 잡히는(죽빵을 날릴 수 있는) 존재가 아니다. 뭐라 규정하기에는 조직의 범위가 애매하고 구성원도 각양각색이다. 존경하는 과학자인 이기주 박사님이 삼성에서 일하고, 동료 교수인 윤여경 선생의 동생도 삼성맨이다. 대학 동기도 후배도 후배의 남편도 사촌 동생의 남편도 삼성에서 일한다. 삼성을 욕하는 이유도 다양하다. 기업을 사유 재산으로 여기는 회장 일가의 되먹지 못한 도덕성이 보기 싫고, 시장의 다양성을 무너뜨리는 종합 상사의 행태에 짜증 나고, 착취를 일삼는 고용 방식에 분노한다. 그리고 (아주 가끔) 삼성이 내보이는 허접한 디자인을 욕할 때도 있다. 삼성은 한국의 기업 문화를 대표하는 추상적 상징이다. 그 상징을 비난함으로써 우리나라 대기업이 창조해 낸 여러 부조리를 불평하고 싶은 마음인 셈이다.

기업에서 일하는 사람들의 사고방식은 대략 이런 패턴을 따른다. 첫째 돈이 되네, 둘째 할 수 있네, 셋째 한다. 여기에 '왜 하지?', '해도 되나?'는 없다. 그저 10원이라도 남으면 수단 방법을 가리지 않고 달려든다. 돈 외의 다른 목적은 없다. 이렇게 천박하니 그 번식력이 바퀴벌레 못지않다.

우리 집 앞에는 동네 빵집과 빠바[7]가 도로를 사이에 두고 마주 보고 있다. TV 프로그램 「생활의 달인」을 보면 사람들이 줄을 서서 상품이 남아나지 않는 동네 빵집도 많다는데, 웬일인지 우리 동네에서는 빠바가 동네 빵집에 비해 모든 면에서 우월하다. 이 글을 쓰는 지금, 빠바에서 카페라테를 마시며 동네 빵집을 바라본다. 나는 동네 상권을 지지하는 의식 있는 뉴타운 주민이다. 하지만 빠바의 고로케는 바삭하고, 동네 빵집 고로케는 눅눅하다. 빠바는 친절한 알바생, 동네 빵집은 담배 피우는 아저씨. 빠바는 어반한 이탈리안 브런치, 동네 빵집은 상투 과자. 제길. 의식 있는 뉴타운 주민도 따님 생일에는 엘사 케이크를 사 줘야 한다고.

아파트 단지 상가 1층에는 코 묻은 돈을 쥔 초등학생들과

7　파리바게트의 준말. 발음을 살려 된소리로 적었다.

충동 구매의 화신인 아빠들이 애용하는 식료품점이 있게 마련이다. 그래서 우리 동네에는 세운마트가 있었다. 코딱지만 한 그곳은 믿을 수 없을 정도로 음침했다. 비좁은 내부에 안 팔릴 물건을 어찌나 많이 쑤셔넣었는지, 과자를 걷어차지 않고는 통로를 지날 수 없을 정도였다. 한번은 라면을 고르느라 몸을 굽히고 있는데 어떤 아저씨가 그의 민망한 부분을 나의 엉덩이에 스치며 지나간 적도 있었다. 동굴 같은 입구의 좌우 편에는 온갖 조잡한 사탕이며 조미 오징어, 아몬드, 말린 문어발이 걸려 있었다. 내 기억이 맞다면 그중 가장 큰 문어발은 장장 3년 6개월 동안 아무도 사 가지 않았다.

벽과 바닥을 메운 진열장에는 기준 없이 들여놓은 잡화가 가득했다. 선별 의도를 파악할 수 없는 제품군은 아무도 찾지 않는 온실의 식물을 환기했다. 왼쪽 선반에는 먼지를 뽀얗게 뒤집어쓴 통조림들이 꽂혀 있었고, 중앙 선반에는 과자류와 레토르트 식품류가, 오른쪽 벽에는 주방과 화장실에 관련된 모든 것이 쌓여 있었다. 여닫이 냉장고 안에는 신선 식품이 알코올에 절여져 박제된 빛깔을 띤 채 방치돼 있었고, 천막을 내어 도로를 불법 점거한 공간에는 두리안이나 인도 수입 과자 따위가 나와 있었다. 전 세계에서 안 팔리고 남은 물건은 모두 세운마트로 모이는 듯했다. 불법 점거 면적은 해마다 조금씩 늘어 마트의 영토는 점차 확장되었다. 주인아저씨는 천정에 매달린 18인치 텔레비전으로 「케이팝 스타」를 시청하곤 했다. 그는 늘상 체념을 드리운 표정을 짓고 있었다. 그래서인지 우유 한 각을 사면서 빨대 열댓 개를 챙겨 나와도 죄책감은 들지 않았다.

여느 구멍가게와 마찬가지로 세운마트는 GS25에 자리

를 내줬다. 그 음침한 가게가 언젠가 사라지리란 예측은 누구
나 할 수 있었다. 《타임》에서 선정한 「세상의 흐름에서 소외
된 장소 20」에 선정될 정도였으니……. 편의점이 들어오면 적
격일 장소를 억지스럽게 차지한 세운마트는 멸종 위기에 처
한 동물 같았다. 고산 지역에 숨어 진화의 소용돌이를 벗어난
채 어렵사리 목숨을 잇는 못생긴 희귀종. 급기야 세운마트는
2015년 봄 망했어요 세일을 마지막으로 문을 닫았다. 폐점 소
식을 듣고 일없이 들러 주인아저씨와 의미심장하게 눈을 마
주치는 것으로 작별 인사를 대신했다.

　GS25는 어이없을 정도로 재빨리 세운마트의 흔적을 지
웠다. 쌓여 있던 과자 무더기 밑에서 부패한 시신이 나오지 않
을까 내심 기대했지만 그런 일은 없었다. 먼지 쌓인 통조림과
알코올에 절인 콩나물이 있던 구멍가게를 밀어 버리고, 그 자
리에 LED 형광등 3천 개를 밝힌 편의점이 들어서니 아파트
단지 전체가 환해졌다. 예전에 그곳을 드나들던 궁상에 절은
주민들도 이제는 제법 뉴타운 주민답게 어반하고 시크해졌
다. 세운마트에서 술안주용 번데기 통조림을 사는 것과 GS25
에서 쿼트로 치즈&고구마 무스 부리토를 사는 것의 차이가
이토록 클 줄이야.

　GS25는 모든 면에서 우수한 동시에 모든 면에서 재수 없
다. 내부 인테리어는 환하고, 제품은 큐레이션이 잘됐다. 정확
히 도시인에게 필요한 물건만 군더더기 없이 골라 놨다. 심지
어 우리 아파트 단지에 어린아이가 많다는 점을 노려 카봇이
니 또봇이니 하는 장난감에 공간을 할애할 정도로 영특하다.
말라비틀어져 썩지도 않는 대왕 문어발은 들여놓지 않는다.

세운마트 아저씨의 주변머리가 GS25 절반만 따라갔어도 망하지 않았을 텐데.

필요한 물건만 있다는 건 곧 분석당했다는 의미이기도 하다. 이런 동네에 사는 이런 가정의 이런 사람들이 구매하는 물건을 산출하는 공식이 나오기까지 우리는 얼마나 깊이 분석당한 것인가. 여기저기서 별것도 아닌 경품을 받으며, 포인트를 적립하며 개인적 기호를 분석당했다고 생각하니 괜히 그놈들 좋은 일 해 준 것 같아 배가 아프다. 알량한 포인트 몇 원에 GS에 정보를 넘겨주고, 그 대가로 그들의 편의점에서 더 많은 돈을 쓰고 있으니 큰 그림에서는 골탕을 먹은 셈이다. 매장을 한번 둘러본 나는 불현듯 잘난 GS25 조끼를 입은 점원의 멱살을 움켜쥐고 윽박지르고 싶어졌다.

'내가 사고 싶은 물건은 하나도 없잖아!'

점원만 해도 그렇다. 파트타이머인 그들은 부지런한 이웃 청년에 지나지 않는다. 편의점의 재수 없음에는 책임이 없다. 점장도 GS25가 내세운 하수인에 불과하다. 세운마트에서는 새 우유를 헌 우유 뒤에 숨기는 주인아저씨의 얄팍함을 비난할 수 있었다. 새하얗고 말끔한 편의점에는 나의 일거수일투족에 관심을 두는 징글징글한 눈이 곳곳에 숨어 있는데도, 그만 쳐다보라고 항의할 기회조차 주어지지 않는다.

지나는 길에 아이스크림 몇 개, 라면 몇 개를 구입하는 걸로 표현하던 세운마트를 향한 나의 작은 성원은 실로 보잘것없었다. 평소 내 말이라면 무조건 반대하고 나서는 강구룡은 동네 상권에 관한 이런 나의 노력을 언 발에 오줌 누기라며 비웃었다. 그럼에도 나는 구멍가게를 지지하지 않을 수 없다. 세상이 대기업 일색으로 변할수록 내가 영위하는 삶의 선택지

53

가 좁아짐을 알기 때문이다. 앞으로는 누구도 슈퍼마켓 주인이 될 수 없는 세상이 온다. 빵집 주인도, 치킨집 사장도 될 수 없다.

세운마트의 몰락이 우리와 전혀 상관없는 일일까? 개인 사업자가 설 자리가 없는 세상에서 우리 모두는 피고용자가 될 운명에 처했다. 텔레비전은 자수성가한 맛집 사장을 소개하지만, 전체를 봤을 때 그런 경우는 로또나 다름없다. 보통은 식당을 개업해서 대박은 언감생심, 망하지 않고 가게를 유지하는 게 기적이다. 프랜차이즈 업체가 막대한 자본과 유통, 홍보력으로 밀어붙이니 상대될 리가 있나. 잘난 틈새시장을 노려도 잘되는 건 잠시. 이 또한 돈 좀 된다 싶으면 대기업들이 기어코 달려들어 점령해 버린다. 이미 많은 사업장이 대기업 프랜차이즈 업체고, 앞으로 더 많은 업종이 기업의 관리에 들어갈 터다. 나는 우리에게 직업 선택의 자유가 있다고 믿지 않는다. 운 좋게 명문 대학을 나와 대기업의 중추에 들어가면 삼성맨이고, 주변에서 맴돌면 "안녕하세요, 파리바게트입니다."를 외칠 운명이다. 이쯤 되면 초등학생 장래희망이 <u>파리바게트</u>여도 이상하지 않다.

직간접의 차이가 있을 뿐 대한민국 국민은 모두 삼성과 같은 대기업에 노력, 재능, 수입을 떼어 내주며 살아간다. 예술가도 전문직도 이로부터 자유롭지 못하다. 극장, 미술관, 언론사, 병원, 학교까지 몽땅 대기업이 운영하는 마당에 예외가 있겠는가. 프랜차이즈 개업 허락을 받아 봤자 점장님은 주인님께 수입을 갖다 바치기 위해 더 많이 일하고 더 적게 써야 한다. 일하는 시간으로 볼 때 OECD 국가 중에서 한국이 압도적으로 높은 편이라고 한다.(가입국 중 2위) 대기업이 모두의 시간을 진공청소기처럼 흡입하는 나라의 국민에게 여유가 있을 턱이 없다. 유통 마진도, 납품 단가도, 아르바이트 시급도 대기업이 쭉쭉 빨아들인다.

생각하기 귀찮은 사람에게는 편리한 세상이다. 인생을 뭘 하며 어떻게 살지 애써 고민하지 않아도 괜찮다. 대기업에 붙어먹겠다는 확고한 목표만 좇으면 만사형통이다. 부모는 혹여 내 아이가 삼성에 취업하지 못할까 하는 걱정에 없는 살림 쪼개서 영어 유치원을 보내고(영어 유치원 등록금은 '삼성영어 킨더가튼'이 거둬 간다.) 취업률이 높다고 자랑하는 대학교에 아이를 밀어넣는다.(대학 등록금은 성균관대를 인수한 삼성 그룹이 거둬 간다.) 상상력이 부족한 점이 아쉽긴 하지만, 정부와 기업이 이끄는 대로 잘 따르니 일견 애국자로도 보인다. 물론 나중에 취직하지 못했다고 영어 유치원 등록금을 환불받는 일은 없다.

치밀함과는 거리가 멀었던 세운마트 아저씨는 동네 사람들이 뭘 좋아하는지 알아볼 생각은 않고, 그저 잡스러운 물건을 쌓아 놓고는 장사가 안 된다고 불평했다. 디자이너가 보기엔 답답하기 이를 데 없는 노릇이다. 요즘도 GS25 편의점 앞을 지날 때면 그 음침한 구멍가게를 기억한다. 온갖 쓰잘머리 없는 물건이 산처럼 쌓인 채 오지 않을 선택을 기다리는 풍경은 나름대로 운치 있지 않았던가. 화석처럼 굳은 대왕 문어발은 어디로 갔을까. 이럴 줄 알았으면 문 닫기 전에 사 둘 걸 그랬다. 베란다 벽에 걸어 놓으면 그럴듯했을 텐데.

멘토 전성시대

바야흐로 멘토의 시대다. 창업 멘토, CEO 멘토, 부동산 멘토, 투자 멘토, 농심 멘토스, 힐링 멘토, 다이어트 멘토…… 너도나도 틈새시장을 노려 멘토가 된다. 멘토를 직업으로 삼는 경우도 생겼다. 강연료를 받고, 책을 써서 인세도 받고, 잘하면 텔레비전에도 나갈 수 있으니 적성만 맞다면 꽤 괜찮은 직업이다. 이 기세라면 멘토의 개체수가 멘티를 능가하는 날이 머지 않았다. 멘토 인플레이션 현상이 발생한다. 건전한 멘토 시스템을 정착하기 위해 자격증 시험이 생긴다. 수험생을 위한 학원이 문을 연다. 멘토 9급 스피드 합격반 40퍼센트 할인. 학원 강사는 멘토 지망생을 위한 멘토라는 뜻에서 '메타 멘토'라고 불린다.

1990년대에 20대였던 우리에게 멘토는 없었다. 우선 멘토라는 개념부터 생소했다. 선생님, 교수님은 우리와 완전히 다른 세상을 사는 존재(라고 쓰고 꼰대라고 읽는다.)였다. TV에서 방영하는 강연 프로그램은 드물었고, 자기 계발서도 그때는 희귀했다. 바퀴벌레처럼 무분별하게 증식한 그 많은 멘토들은 어디서 튀어나온 걸까. 요즘 사람들은 왜 멘토를 간절히 원할까.

나를 포함한 내 또래는 윗 세대의 말이라면 덮어놓고 무시해야 한다고, 그래야 멋지다고 믿었다. 대중 매체도 그런 자뻑을 멋지게 포장하는 방송을 만들어 우리를 응원했다. 크라고 광고를 내보냈다. 인터넷 세상을 받아들인 첫 세대라는 자의식이 우리의 정신적 독립을 부추겼다. 목표 없는 청춘에게 남는 것은 반항심뿐이더라. 그래서 붙은 별명이 X세대. 영화 「엑스맨」 같아서 맘에 든다. 수요가 없으면 공급도 없다. 젊은 우리가 그토록 비뚤어졌기에 멘토를 자청하고 나설 기성세대도 없었다.

X세대라서 그런지, 아니면 남의 말이라면 덮어놓고 의심부터 하는 성향이라 그런지, 행복 전도사 포스를 풍기는 중년의 연사가 '열심히 하면 다 잘될 거야.'라는 식 일반론을 내뱉는 꼴을 보면 반사적으로 역겨움을 느낀다. 그런 강연에서 나오는 얘기래야 누구나 생각해 낼 수 있는 진부한 조언이 대부분이다. 텔레비전은 하루에 네댓 번씩 보통 사람의 성공 사례를 방영한다. 그런 프로그램의 요점이 뭔가? 당신도 이렇게 열심히 살라고? 성공 못 한 당신은 노력이 부족하다고? 그런 말 누가 못 해.

멘토의 강연에 모인 청중이 바라는 것은 어떤 대단한 가르침이 아닐지도 모른다. 그들은 쾌적한 강연장에서 한두 시간 푹신한 의자에 몸을 묻고 재치 있는 얘기를 들으며 마음의 위안을 얻고 싶은 거다. 뱀을 삶아 먹고 정력이 강해지길 기대하는 사람처럼. 그런 허깨비 같은 강연을 들으면서 제발 메모하지 않으면 좋겠다. 필기하지 않아서 기억나지 않는 지혜는 필기해도 내 것이 되지 않는다.

꾸준한 인기를 구가하는 서바이벌 오디션 프로그램을 보면 숨이 막힌다. 나이 어린 경연자가 제발 뽑아 달라고, 그래 주면 뭐든 하겠다고 안달 내는 모습, 그걸 보며 잔뜩 흥분해 있을 시청자의 모습이 불편하다. 초대형 우승 특혜가 목을 죄는 꼴이다. 서바이벌 오디션 쇼에서 우리가 감상하는 것은 노래만이 아니다. 카메라는 한 번의 기회를 애걸하는 아이들의 위태로운 눈물을 극적인 연출로 포장해 내보낸다. 그리고 광고를 내보낸다. 우리는 박진영, 양현석, 유희열의 어깨 너머로 칭찬 하나, 비난 하나에 울고 웃는 아이들의 모습을 익스트림 클로즈업으로 지켜본다. 아랫입술을 꽉 깨물고 긴장과 불안에 어쩔 줄 모르는 표정, 그 눈물, 더 간절하게. 아주 좋아, 거래 성립. 좋지 않은가. 간접 광고를 봐 주는 것만으로 마지막 한 방울까지 쥐어짜 낸 재능, 그리고 숙명과도 같은 심판이 오가는 살벌한 광경을 안락한 내 방에서 치킨과 함께 감상할 수 있다!

그 아이들이 무대에서 그런 모습을 보이지 않았으면 한다. X세대의 기상을 빌려 감히 말하건대, 예술가가 되려면 기성 프로듀서의 평가에 상처받지 않을 정도의 배짱이 있어야 한다. 성공한 꼰대에게 뽑혀 가는 대신, 그들을 위협하는 라이벌이 되면 좋겠다. 세 명의 심사 위원도 한때 혁명가로서 홀로 섰던 사람들이 아닌가. 1990년대 가요계의 전설들이 신인 시절로 돌아가 그 오디션에 출연한다면 어떤 평가를 받을까? 다른 사람은 몰라도 서태지, 신해철, 박진영은 예선 탈락이 분명하다.

구석구석
힐링했더니
피곤하네요.

유행어는 한 시대의 경향을 드러낸다. 한때 모두가 입에 달고 살던 멘붕[8]이란 말은 자기 연민의 질척한 감정을 즐기는 변태적 성향을 반영한다. 특별한 이유 없이도 "나 요즘 멘붕이야."라는 말로 쉽게 자신을 가여운 존재로 설정할 수 있다.

"무슨 일 있어?"

"몰라. 멘붕이야."

멘붕인 나는 연약해. 그러니까 듣기 좋은 말만 해 줘. 재밌는 점은 멘붕에 한번 봉착한 사람은 1년 365일 멘붕이라는 사실이다. 지금껏 "멘붕에 빠졌어."라는 말은 들어 봤어도 "오늘부로 멘붕에서 벗어났어."라는 말은 들어 본 적 없다. 흥미로운 현상이다. 멘붕이란 말이 생기기 전에는 아무도 멘붕에 빠지는 일이 없었는데…….

멘붕에 처한 가련한 중생은 '힐링'이란 것을 필요로 한다. 힐링은 과거에 여행, 목욕, 수다, 산책, 외식, 낮잠이라고 부르던 활동을 <u>자신에게 응석 부리기</u>라는 카테고리로 묶어 새롭게 규정한 상위 개념이다. 힐링은 단순히 쉬는 것과는 다르다. '쉰다'라는 단어에는 절실함이 빠져 있다. 힐링은 외롭고 불쌍한 나를 스스로 보듬기 위해 기획하는 특별 행사다. 당연한 얘기지만, 힐링으로 멘붕을 극복할 수는 없다. 제주 올레길을 다녀온다고 고질적인 자기 연민이 사라지겠는가. 몸만 지칠 뿐이다.

제주도 맛집 리스트 21선

커피를 좋아하는 당신에게 추천하는 동남아 여행지 best 7

---

8   멘탈 붕괴의 준말. 평정심을 잃고 자기 통제력을 상실한 상태를 일컫는 신조 유행어. 2010년대 초까지 자주 등장했다가 요즘 잘 사용하지 않는 추세다.

인문학에 입문하는 당신을 위한 추천 도서 30

송년회 앞둔 직장인을 위한 센스 있는 건배사 20

SNS를 아름답게 수놓는 각양각색 인생 리스트가 가관이다. "이렇게 살아야 한다.", "여기에 가봐야 한다.", "이걸 먹어야 한다."와 같은 쓰레기 정보를 여기저기서 경쟁적으로 내놓는다. 잘만 모으면 백과사전을 만들 분량이다. 이런 기사는 뻔한 얘기를 엄청난 비밀인 양 떠벌린다는 점에서 오늘의 운세와 비슷하다. 뭘 그렇게 대단하게 깨닫고 느끼며 살아가야 하는지……. 유머러스한 대화법을 읽을 시간에 예능 프로그램을 시청하자. 시간을 관리하는 비결을 읽으며 시간을 낭비하지 말자. 고전 읽는 법을 읽을 시간에 그냥 고전을 읽으세요.

돌아서면 잊을 허깨비 정보를 탐독하며, 다들 나보다 잘사는 것 같은 질투심에 정신 못 차리고 있지는 않는지. 불안에 등 떠밀려 이것저것 따라 해 봤자 생각만큼 신나지 않을걸. 다른 사람의 성공담에 의지해서는, 스마트폰을 통해 전해지는 잡지식에 휘둘려서는 내 삶을 살 수 없다. 회식 건배사가 그렇게 중요하다면 인터넷에서 건배사를 검색할 일이 아니라, 햇빛 좋은 날 회사 한구석에서 차 한잔 마시며 내 동료들과 나누고 싶은 말을 차분히 고민해 보면 어떻겠는가. 아무리 기발한 3행시 건배사라도 내 심장에서 우러난 진심이 아니면 감동을 전할 수 없다.

"제가 인터넷에서 기막힌 건배사를 찾아냈습니다."

이 말을 꺼내는 순간, 사람들은 같은 심정이 된다.

'집에 가고 싶다.'

- 사우 여러분! 건배사로 '좋아요'는 어떻습니까!

- 싫어요.

머스트 해브 아이템

주차장으로 변한 지 오래인 서울 시내 도로를 보고 있자면, 다들 무슨 부귀영화를 누리자고 꾸역꾸역 차를 끌고 나와서 저 고생일까 싶다. 출퇴근 시간 운전은 미친 짓이다. 다들 아파트 지하 주차장에서 기세 좋게 튀어 나가지만, 곧 큰 도로에서 다닥다닥 붙어 서 있을 운명이다. 람보르기니도 벤츠도 예외가 아니다. 그렇게 휘발유를 태우는 고약한 짓거리를 반복한다. 자동차 배기구에 코를 갖다 대 본 적이 있는가. 기절해서 오줌을 지리기 싫으면 그런 짓은 하지 않는 게 좋다. 배기가스 테스트를 통과했다고 괜찮은 게 아니다. 자동차를 시동하면서 우리는 그 지독한 독가스를 뿜는다는 사실을 인식하고 미안해할 줄 알아야 한다.

그렇다고 해서 타인과 부대끼는(~~엉덩어 움켜쥐거와 빤쓰도 활어 난무하는~~) 지하철을 선뜻 추천할 수는 없다. 자전거는 위험하다. 현재로서는 다 같이 스쿠터를 타고 다니면 가장 좋을 듯하다. 인격과 품성이 고매하기로 정평이 난 우리 학교의 김상유 교수님은 얼마 전에 예쁜 스쿠터를 장만했다. 그 모습이 어찌나 스마트한지 뒷자리에 얻어 타고 "오빠, 달려!"를 외치고 싶을 정도다. 나는 주로 걸어서 등하교한다. 지긋이 걸으면 40분 정도 걸리는 길에 언덕이 많아서 운동이 꽤 된다. 여름에는 도착하자마자 겨땀을 말려야 하고, 겨울에는 유서를 쓰고 30도 경사의 빙벽을 타지만, 그런 불편을 감수하고 걸으면 종일 활력이 돌고 잡생각이 줄어든다. 운동한답시고 괜히 스위스제 등산복 세트를 맞춰 입을 게 아니라, 나와 함께 재정비촉진 지구를 걸읍시다. 경전철 공사 현장을 둘러볼 수 있어 좋아요.

명절 민족 대이동으로 모자라 1년 365일 아침저녁으로 도로에서 죽치려는 성향은 변태적이다. 아침저녁엔 통근하느라, 점심엔 식사하느라, 밤에는 술 마시느라, 주말에는 놀러가느라 도로는 늘 빽빽하다. 언젠가 신사동에서 밤 11시쯤 택시를 탔는데, 그 시간에도 차가 막혀서 놀란 적이 있다. 아니 도대체 그 많은 사람이 그 늦은 시간까지 무슨 할 일이 그렇게 많단 말인가. 아침 7시가 되면 좀비처럼 일어나 다시 자동차를 질질 끌고 나오겠지. 하루 종일 교통 체증이 일 수밖에.

주말에는 어떤가. 다들 피난이라도 가는 양 미친 듯이 차를 몰고 서울을 빠져나가는 모습이 가관이다. 꽃놀이, 해수욕, 단풍놀이, 불꽃놀이, 스키 리조트를 한 해라도 빼먹으면 역병에 걸릴 것처럼 난리 법석이다. 힐링이네 나를 찾는 여행이네 하면서 자기 연민에 빠져 허우적대는 꼴이란. 집에서 조용히 책 한 권 읽는 것만 한 힐링이 없고, 아파트 단지를 거닐며 사색에 잠기는 것만 한 자아발견이 없다. 지독한 배기가스를 뿜으며 주말 관광 행렬에 동참해 봤자 인간에 대한 불신과 피로만 쌓인다.

휘발유 가격이 파격적으로 올라야 한다. 배기가스는 점점 숨통을 조이는데, 우리는 많은 것을 느끼지 못하고 서서히 질식해 가는 중이다. 기름값을 숨이 막히게 높여서 실감 나는 압박을 주는 방법 외에는 대책이 없다. 난방비가 함께 올라도 괜찮다. 조금 춥게 살면 그만이다. 차 없어서 못 가는 곳은 가지 않으면 된다. 세상 모든 곳을 순례해야 한다는 강박에서 벗어나자. 기름값이 오르면 운송비가 올라서 전반적인 물가가 뛰겠지. 잘됐네. 덜 먹고 덜 입자. 모든 게 과잉인 시대에 조금씩 줄이면 좋잖아.

배춧값이 오르내릴 때마다 나라 전체 분위기가 파도를 탄다. '배추 대란'이니 '금추'니 하며 난리 법석을 떠는 모습이 가관이다. 김치 없인 굶어 죽는다고 아우성이다. 정말 그럴까? 내가 해 봤는데, 약 3년 정도는 김치 없이도 끄떡없다. 그렇게 김치가 좋으면 비싼 값을 지불하고 배추를 사면 그만이다. 싸면 사고 비싸면 안 산다. 모두가 살리고 싶어 하는 경제란 그런 것이다.

FAQ

질문: 배춧값은 왜 오를까요?

답: 배추가 적게 나서. 유통 마진이 높아서.

질문: 배추가 비싸면 어떻게 하죠?

답: 사지 마세요.

질문: 언제쯤이면 배춧값이 감당할 만해질까요?

답: 당신이 배추와 밀당을 할 수 있을 때.

한사코 배추김치를 먹겠다고 전 국민이 대동단결하여 응

배추와의 밀당

석을 부린다면 정부는 뭐라도 대책을 내놓을 터다. 이때 정부가 할 수 있는 일이란, 전국의 대형 유통업체 사장들을 농림축산 식품부 장관실로 소환해서 그들의 입에서 유통 마진을 낮추겠다는 약속이 나올 때까지 엉덩이에 뜨거운 촛농을 떨어뜨리든지, 또는 대통령이 직접 나서서 "배추가 비싸니, 내 밥상에는 양배추로 담근 김치를 올려라."[9]라고 말하든지, 또는 젊은이들이 과감하게 배추 재배에 도전하고 안정적으로 연착륙할 수 있도록 『청년 농업 성공 스토리』[10]를 발간하든지, 또는 연구 업적이 빵빵한 쓰레기 교수에게 의뢰해서 「불완전 계약 이론을 통한 배춧값 상승의 거버넌스 비교 연구」라는 제목의 논문을 쓰게 하는 정도가 고작이다. 국민의 명령이 제아무리 지엄하다 한들, 없는 배추를 융복합 창조할 수는 없지 않은가. 그래서 급기야 배추를 수입해 오는 초바보짓거리를 감행한다. 중국 입장에서는 어차피 남아도는 배추, 돈 주고 사 간다는 호구가 있으니 얼마나 좋은가. 내 입 하나 호강하자고 그 먼 바다를 건너 배추를 실어나르는 상황이 과연 정상인가.

여럿이 함께하는 저녁 식사 자리에서 아르헨티나산(産) 홍어가 식탁에 있어 불편하다는 말을 한 적이 있었다. 그러자

---

9   2010년 배추 가격이 정상치를 넘어서 폭등하자 이명박 전대통령이 국민을 불쌍히 여긴 나머지 "배추가 비싸다고 하니, 내 밥상에는 양배추로 담근 김치를 올려라."라고 말했다고 한다. 이 소식을 들은 네티즌들은, 양배추 가격도 함께 폭등했는데 대통령이 서민 경제를 몰라도 너무 모른다고 분노하며 "배추가 없으면 양배추로 담가라."라고 와전했다. 헛소문의 피해자라는 점에서 이명박은 마리 앙투아네트와 닮았다.

10   농림 축산 식품부(장관 이동필)에서 2015년 9월 발간한 농산업 분야 창업 사례집

어떤 분이 복잡하게 생각하지 말고 한평생 하고 싶은 일 다 하고, 먹고 싶은 것 다 먹으면서 살면 좋지 않겠느냐고 응수했다. 나는 깊이 실망했다. 그분이 대학원에서 높은 수준의 교육을 받은 분이기에 더욱 슬펐다. 말은 안 했지만 불편한 심기가 내 주변을 감싸서 식사 분위기는 극도로 어색해졌다. 요즘 사람들은 과잉을 당연시하고, 단 1초라도 그 과잉을 누리지 못하면 당장 죽을 것처럼 엄살을 떤다. 배추가 비싸면 김치를 적게 먹어야 한다. 삼겹살이 비싸면 고기를 적게 섭취하면 그만이다. 홍어가 비싸다고 지구 반대편에서 싹쓸이해 와야 할까?

우리 아파트 단지에는 쓰레기를 내다 놓는 장소가 다섯 군데 있는데, 일주일에 한 번씩 쓰레기가 다섯 군데 모두 산처럼 쌓인다. 재활용품은 더 많다. 쓰레기다운 향취가 강력한 음식물 쓰레기도 쏟아져 나온다. 아파트는 온갖 물자를 우르르 빨아들여서 와장창 내버리는 거대한 분쇄기이고, 그 안에 사는 뉴타운 주민은 포장지와 내용물을 분리해서 씹어먹는 톱니바퀴다.

커다란 가구류는 아파트라는 거대 분쇄기도 미처 갈아먹지 못하고 토해 낼 수밖에 없다. 창밖으로 내던진 옷장이며 장식장, 식탁에는 그것을 사용했던 가족의 생활상이 고스란히 묻어 있어서 보기에 민망하다. 이 집은 이렇게 해 놓고 살았구나, 이런 의자에 앉아서 주말 드라마를 봤겠구나 상상하게 된다. 한번은 멀쩡한 응접 세트를 놀이터 옆에 버렸길래 용기를 내서 한번 앉아 봤다. 오랜만에 소파에 앉아서였는지 기분이 썩 괜찮았다. 옆에 와인잔이라도 놓고 석양을 바라보면 운치 있을 법도 했다. 얼마 안 지나 동네 아줌마들이 미친 아저씨라고 손가락질하겠지만.

비에 젖은 소파는 참담하다. 인조 가죽으로 감싼 스펀지 덩어리는 차갑고 축축해서 보기만 해도 곰팡내 난다. 산성비에 완전히 절어서 들어 올리기도 무거울 것 같은데, 저걸 누가 치워. 차라리 "소파 버리신 분 다시 가져가세요. CCTV에 다 나옵니다."라고 휘갈긴 팻말이라도 있으면 수준 낮은 주민을 향해 시원하게 저주를 퍼부으련만 '그깟 몇천 원 내면 그만이지.'라고 이죽대는 듯한 스티커가 떡하니 붙어 있어서 더 얄밉다. 쭉 짜면 화공약품 국물이 줄줄 흘러나오는 저 흉측한 물체를 내 눈앞에서 치워 줘, 부탁이야. 여긴 뉴타운이라고. 관리비는 얼마든지 낼게.

2012년에 서울에 전셋집을 알아보려고 뉴타운을 헤집고 다녔다. 그때는 동네가 낯설고 집을 평가하는 안목이 없어서 똑같은 구조의 아파트를 여러 채 구경했다. 스무 번 정도 남의 집을 엿보자 그 모습이 하나의 유형처럼 눈에 들어왔다. 그들의 비좁은 보금자리에는 베르사유 궁전을 방불케 하는 온갖 장식품과 액자, 양탄자가 있었고, 베란다에는 녹즙기, 옥매트, 족욕기 따위가 첩첩 쌓여 있었다. 물건을 소유한다기보다는 물건에 짓눌려 사는 꼴이었다.

뉴타운 주민은 행복을 보물찾기 경품쯤으로 생각하는 것 같다. 세상 어딘가에 숨겨져 있는 그것을 발견한 이가 있을 테고, 그들을 따라 하면 자신도 손에 넣으리라 믿는다. 인터넷 쇼핑몰을 파헤쳐 상품을 부지런히 사 모으면서 혹시 그것 중 하나에 행복이 묻어 오지 않을까 기대한다. 장사하는 사람들은 이 점을 노린다. 안마 의자에 앉으면 행복해요. 복근을 만들면 행복해요. 족욕을 하면 행복해요. 에어컨을 사면 김연아

처럼 우아해져요. 맥주를 마시면 싸이처럼 발작을 일으킬 정
도로 행복해져요.

　나중에 어디에 버릴까 싶은 애물단지로 보이는 침대며 옷
장, 응접 세트, 식탁, 유리 장식장, 대형 화분 따위를 사들이는
우리 뉴타운 주민은 소박한 크기의 스위트 홈에 이런 애물단
지를 모셔 놓고자 새벽과 늦은 밤 마을버스에 지친 몸을 싣는
다. 가히 미친 짓이야. 20평 대 아파트는 내부가 뻔하다. 안방
은 침대와 옷장만으로 이미 꽉 찬 상태여서 침대를 제껴 세우
지 않으면 옷장 문을 열 수 없을 정도다. 화장실에 가기 위해
절벽에 매달린 사람처럼 벽을 등에 지고 옆으로 걸어야 한다.

　그렇게 침대님을 한두 달 모시고 살다가 진드기를 제거하
겠다며 한차례 난리를 친다. 진드기의 척추를 녹일 기세로 독
한 약품을 뿌려 대고, 자외선을 쏘고, 방향제를 뿌리는 등 갖
은 고사를 지낸다. 인생의 $1/3$에 해당하는 잠자는 시간을 호화
롭게 보내기 위해, 나머지 $2/3$의 깨어 있는 시간 동안 미친 듯
이 일한다. 피로를 풀어 준다는 침대를 샀건만 여전히 피곤하
다는 말을 입에 달고 산다.

　침대에서 오래 자면 허리가 나빠진다. 의사는 매트리스를
빼고 합판을 깔라고 지시한다. 그러면 매트리스는 어디에 보
관하나. 코딱지만 한 발코니는 홈 쇼핑에서 산 흉물로 가득 찼
는데. 결국 침대에 스티커를 붙여 내놓는다. 그리고 돌침대를
산다. 잠깐, 돌 위에서 잘 거면 차라리 방바닥에서…… 물론
그럴 수 없다. 모름지기 침대는 행복한 중산층 가정의 머스트
해브 아이템이 아니던가. 이쯤 되면 침대는 가구도 아니요, 과
학도 아니요, 단순한 오기다. 뭐 하는 짓인지 모르겠어.

뉴타운 주민은 오늘도 크고 작은 희망을 걸고 물건을 사 모은다. 버려진 소파, 장롱, 탁자를 볼 때마다 홀로 쓸쓸하다. 20평형 월셋집에 천연 면피 북유럽 가죽 소파 풀 세트를 들여놓고, 그 위에 드러누워 치킨을 먹으면서 주말 예능 프로그램을 보겠다는 어느 뉴타운 주민의 가열한 야망이 곰팡내 나는 스펀지와 함께 차갑게 식어 버렸음이 애석하다. 바로 어제까지만 해도 우리는 저 물체에 몸을 기대고 위로를 구하지 않았던가.

테니스의 사도

테니스 코트에는 아무나 들어갈 수 없다. 물리적으로 들어갈 수 없다는 뜻은 아니다. 그 공간에 발을 디디기란 어렵지 않다. 문은 항상 열려 있고 지키는 사람도 없다. 원한다면 그곳에서 물구나무서기를 연습한 뒤 텀블러에 담아 온 커피를 한 잔 마시고 나올 수도 있다. 하지만 테니스 코트에 주체로서, 플레이어로서 코트에 들어가기란 쉽지 않다. 나는 무려 3년 동안 기웃거리기만 했다. 아파트 단지에 속한 공용 시설이지만, 이곳에는 아무나 테니스를 칠 수 없다는 암묵적 합의가 있다. 코트 사용은 테니스 클럽에 우선권이 있고, 클럽 회원으로 가입하기 위해선 보이지 않는 장벽을 넘어야 한다. 회비를 낸다고 냉큼 끼워 주지 않는다. 테니스 클럽은 결속이 강하다. 함께 치는 사람끼리 얘기를 나눌 기회가 많다 보니, 쉽게 친목 분위기가 형성된다. 실력이 비슷한 회원이 모여 우리끼리 재밌게 뭉치기 시작하면 신입 회원이 끼어들 틈이 좁아진다. 더구나 우리 단지에 있는 코딱지만 한 테니스 코트는 기존 회원만으로도 인구가 넘친다. 이런 상황이니 어수룩하게 라켓을 들고 들어서는 동네 아저씨를 반길 리 없다.

"공은 얼마나 치셨어요?"

영화 「배트맨」에 등장하는 악당처럼 생긴 아줌마가 말을 걸었다. 인사말을 가장했지만, 새된 목소리에 경계하는 빛이 역력했다. 억지 미소를 유지하느라 볼 근육에 경련이 일은 그녀를 마주 보는 것만으로도 불안해졌다.

"1년 정도 레슨받았습니다."

"어머, 완전 초짜네. 홍홍홍홍."

재수 없는 웃음소리가 온 아파트 골짜기에 울렸다. 초짜라니. 빈정 상했다. 틀린 말은 아니지만 처음 만난 사람에게 할 소리도 아니잖아. 의연하지 못한 나는 코트에 입성한 지 30초 만에 조커[11] 아줌마의 환영사에 일격을 맞고 비틀거렸다. 그분은 하이톤 목청을 돋아 한마디 보탰다.

"여기서 치는 회원들은 웬만해선 다들 15년 이상 경력이 돼요. 홍홍홍홍."

물 흐리지 말고 꺼지라는 뜻이다. 그 재수 없게 튀어나온 주둥이에 테니스 공을 쑤셔 박고 싶었지만, 공에게 미안해서 차마 그럴 수 없었다. 어느 정도 텃세야 당연하지만 이렇게 깐족대는 인간이 튀어나올 줄이야. 나는 분노를 추스리고 벤치에 앉아서 조커 여사가 얼마나 잘 치는지 지켜봤다. 당연히 조커 여사는 너무너무 못 쳤다. 구력이 몇 년인지 따지는 사람 실력이 저렇게 추악하기도 쉽지 않을 텐데. 상대편이 한 수 접고 살살 맞춰 주는 게 뻔히 보였다. 그걸 아는지 모르는지, 조

---

11   배트맨의 숙적. 세계적으로 유명한 악당 캐릭터. 광대 분장을 한 그의 입꼬리는 항상 올라가 있다.

조커 아줌마 (JOKER AZUMMA)

커 여사는 연신 팔딱대며 입으로 테니스를 쳤다.

얼마쯤 지나고 다른 분들이 권해서 게임에 참여했다. 아직 게임을 할 만한 실력은 못 된다고 겸손을 떨었더니, 사람들은 내 상대로 조커 여사를 점지해 줬다. 그녀는 본인 같은 대단한 실력자가 왜 나 따위를 상대해야 하는지 모르겠다는 듯 시무룩한 표정으로 맞은편에 섰다.

"에휴. 게임이 될까 모르겠네."

순간 분노가 솟구쳐 현기증이 일었다. 시작하기 전부터 이미 내 머릿속은 오직 코트를 압도한 나의 모습만을 그렸다. 하지만 현실은 냉정하다. 분노에 반응한 근육은 굳었고, 오랜만에 서는 클레이 코트[12]의 이질감에 주눅이 들었다. 나는 여지없는 초짜였다. 경기 내내 날아오는 조커 여사의 이죽거림을 온몸으로 맞은 뒤 와르르 무너졌다. 사냥꾼 덫에 걸린 짐승이 이런 기분일까. 아무렇지 않은 척 무던하게 벤치에 앉았지만, 얼마 안 돼 참을 수 없이 집에 가고 싶어져서 서둘러 라켓을 챙기고 일어났다. 인사하고 돌아서는데 아니나 다를까 조커 여사의 작별 인사가 뒤통수에 꽂혔다.

"연습 마아아않이 하고 오세요."

육체를 이탈한 내 영혼은 조커 여사의 명치를 겨냥해 시속 200킬로미터 초강력 스매시를 날렸다. 하지만 그녀는 맞지 않았다. 초짜는 정확히 맞출 수 없다.

12　테니스 코트는 그 재질에 따라 크게 클레이 코트, 하드 코트, 잔디 코트 그리고 실내 코트, 4가지로 나뉜다. 각각의 코트는 고유의 특성을 띠며 이에 따라 경기의 양상도 달라지게 된다.(위키피디아)

이번 겨울이 지나면 상황이 달라질 것이다. 이미 몇 달 전부터 우리 아파트가 아닌 다른 곳에서 비밀스럽게 동계 훈련에 돌입했다. 일주일에 네 번, 아침 7시에 교습을 받는다. 내년 봄에는 완전 변태한 딱정벌레와 같이 뉴타운 테니스의 강자로 다시 태어날 것이다. 겨우내 집에서 드라마나 보면서 뒹굴뒹굴 게으름을 피운 평범한 인간들이여, 모두 내 아래 무릎 꿇어 나의 실력을 찬양할지어다.

하지만 너무 춥다. 멜라토닌이 가시지 않은 깜깜한 새벽에 이불 밖으로 나오기가 고역이다. 삐걱대는 몸을 일으켜 세워 한 가닥 희망을 품고 날씨를 확인한다. 눈이 왔으면 다시 이불로 돌아갈 수 있을 텐데. 하지만 야속하게도 눈은 오지 않는다.(올겨울 우리 동네엔 눈이 딱 두 번 쌓였다. 그나마 한 번은 교습이 없는 주말이었다.) 여지없이 코트에 나가야 할 팔자다. "아이고 나 죽네."를 연신 외치며 주섬주섬 옷을 껴입고 테니스 라켓을 챙긴다. 휴강을 바라는 대학생의 마음에 격하게 공감한다. 기온이 영하 10도 아래로 내려가는 날에는 입에서 쌍욕이 나온다. 냉기 돌풍이 불어닥쳐 얼굴이 아플 정도다. 버텨야 한다! 아무리 매서운 칼바람이라도 조커 여사의 깐족임보다 아프겠는가.

깜깜한 코트에 들어서서 공을 꺼내 놓고 몸을 움직인다. 새벽부터 시끄러우면 주민이 항의할 수 있다. 집 떠난 자의 설움인가. 남의 동네에서 물의를 일으키지 않도록 조용조용 달리기를 시작한다. 온 관절과 근육이 아프다. 이것은 준비 운동이 아니다. 추위에 혼절하지 않도록 자가 발열을 하는 것뿐이다. 그렇게 십 분 정도 딱딱하게 굳은 지방을 태워 몸에 온기가 돌기 시작할 때 그분이 등장하신다. 테니스의 신.

"자세를 낮춰요."

테니스의 신이 계시를 내린다. 다리가 풀려서 더 이상 무릎을 굽힐 수 없지만, 바닥에 엎어질 각오로 자세를 낮춘다. 신체의 고통이 집중력을 떨어뜨린다. 눈이 흐릿해서 공을 제대로 맞출 수가 없다. 매운 바람에 연신 눈물이 난다. 아, 허리 아파서 미치겠네. 왼손은 얼어서 감각이 없다. 콧물이 줄줄 흐른다. 그리고 나는 기억한다. 나이 마흔에 내 돈 내고 이게 무슨 생고생이냐.

코치님은 신이다. 그분의 라켓에 닿은 공은 동충하초만큼 소중하다. 공 하나, 말씀 하나 놓치지 않으려고 집중한다. 코치님은 선수 출신답게 왼손으로도 치고, 다리 사이로 치고, 등 뒤로 돌려서 친다. 나의 자세만 보고도 그날 근육과 관절 컨디션을 알아챘다. 테니스 코트에서 그분의 숨결은 페브리즈고, 그분의 땀은 더치커피고, 그분의 말씀은 계시다. 이동을 지시하면 잽싸게 뛰어가고, 흩어진 공을 주으라면 한 개도 빠짐없이 주워 담을 때까지 허리를 펴지 않는다. 신은 사사로이 지도하지 않는다. 신답게 그저 바라볼 뿐이다. 테니스의 신과 구담(球談)[13]을 나눈다는 것만으로도 큰 영광이고 배움이 아니겠는가.

손님은 왕이다라는 격언에 심취한 사람은 테니스 실력도 돈을 주고 살 수 있다고 생각할지 모른다. 하지만 교습을 주문하고 돈을 지불한 것만으로 테니스를 잘 칠 수는 없다. 손님 행세를 하려 들면 공 넘겨주기 서비스만 받고 끝날 터다. 정확

---

13   글로 써서 묻고 답하는 필담(筆談)에서 착안해 공[球]으로 대화[談]를 나눈다는 뜻으로 지어낸 단어

히 18만 원어치 서비스.

　배움에는 흥정이 없다. 누군가에게 무엇을 배우는 활동은 사고파는 행위와 근본적으로 다르다. 하지만 사람들은 습관적으로 교육도 구매, 소비할 수 있다고 생각한다. 오죽하면 교육 사업이니, 교육 서비스니 하는 말까지 나왔겠는가. 대학은 겉으론 아닌 척하면서 실제로는 매우 노골적으로 비즈니스를 운영한다. 학원은 더 말할 나위가 없다. 학생은 혼란에 빠진다. 수준 높은 교육(그것의 정체가 뭔지는 정확히 모르지만), 믿고 따를 멘토를 기대하고 대학에 입학했는데, 그곳에는 교육 서비스, 강사, 비좁은 기숙사, 그리고 아무짝에도 쓸모없는 분수대가 있을 뿐이다.

　이런 환경에서 배움은 돈을 지불하고 어떤 능력을 구입한다는 느낌으로 다가오기 쉽다. 교육 상점에서 스펙 아이템을 골라 담아, 내 이력에 장착하는 셈이다. 과장이 아니다. 요즘 대학생은 수강 신청을 위해 강의를 장바구니에 넣는다. 대학에서, 학원에서, 인터넷 강좌에서, 심지어 능력 평가에서도 카드로 결제하고 스펙을 구입한다. 그렇게 장착한 스펙 아이템으로 다시 상위 개념인 취업 아이템을 구입한다. 원 플러스 원으로 야근도 딸려 온다. 얼핏 우습게 들릴 수도 있지만, 많은 사람이 이런 패턴에 익숙하다.

　거래는 교육의 동기가 되지 못한다. 제대로 된 배움은 능동적인 활동이다. 레슨비는 코치님이 생계 걱정 없이 훈련에 전념할 수 있도록 수련생들이 모으는 사례금에 불과하다. 그가 일생을 바쳐 익힌 무형의 노하우는 돈으로 환산할 수 없다. 테니스는 스스로 훈련해서 익힌다. 도제식 훈련의 시작은 추종이다. 수련의 길 정상에서 우뚝 선 깃발과 같은 코치님을 보며 심장이 터질 때까지 달린다. 내가 따르는 대상이 무엇인지는 내가 정한다. 그를 테니스의 신으로 모시면 나는 신의 사도가 된다. 그가 18만 원짜리 용역이면 나는 공사판 십장이 된다.

"자세를 낮춰요."

테니스의 신이 또다시 명령한다. 안 되겠다. 허리가 너무 아프다.

"더 이상 낮추는 건 무리예요."

신을 거역했다. 테니스의 지옥은 어떻게 생겼을까.

글자꼴로 말해요

아파트 단지 곳곳에 벽보와 안내가 무성하다. 벽을 맞대고 살다 보니 서로 하고 싶은 말도 많은가 보다. 대단한 내용은 없다. 만만한 사람끼리 작은 불평을 주고받는 정도다. 이 세계에서는 "담배 피우지 말라." "버리지 말라." "주차하지 말라." "떠들지 말라."가 4대 소통 주제다. 생활 수준 고만고만한 뉴타운에서 뭐 그리 거창한 발언을 할 일이 있겠는가. 안내문이라고는 하나, 관리인과 주민이 그때그때 복사용지에 매직펜으로 휘갈겨 쓴 메모에 가깝다. 선거 포스터가 아니니까 디자인 사무실에 의뢰해 대형 현수막을 만들지는 않는다.

한때 우리 아파트 단지의 모든 계단과 야외 공간을 돌아다니며 이런 안내문을 유심히 관찰한 적이 있다. 글씨에 드러난 지은이의 감정과 고민을 조망하는 재미가 쏠쏠하다. 괴상하다면 괴상한 취미다.

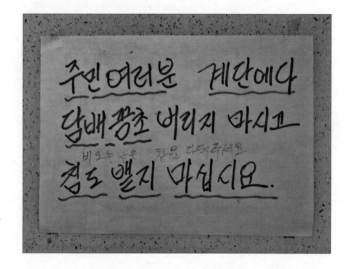

관리하는 분이 써 붙였을 이 짤막한 안내문에는 무려 세 가지 지침이 담겼지만, 그중 하나도 눈에 들어오지 않는다. 강조의 기능을 상실하고 한낱 장식으로 전락한 빨간색 밑줄이 귀엽다. 글자는 정성껏 쓴 것치고는 특색이 없어서 별다른 감동을 주지 못한다. 내용도 글씨도 탐탁지 않다. 이런 밋밋한 안내문을 유심히 읽을 사람은 없다. 사람들은 여전히 꽁초를 버리고, 침을 뱉고, 창문을 열어 두겠지.

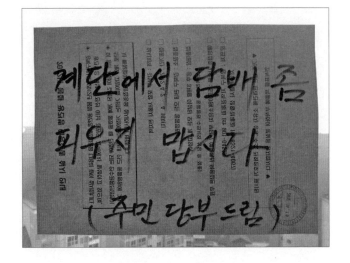

거센 필체가 내뿜는 공격성이 예사롭지 않다. 힘이 들어간 승모근의 움직임이 여실히 드러난다. 좀이 쫌으로 읽힌다. 이 메시지를 쓴 주민은 빈 종이를 찾을 여유도 없이 잡히는 대로 갈겨썼다. 글씨만으로도 소리 지르고 위협할 수 있다. 이 걸 보고 심드렁해할 사람은 없을 것 같다. 다만 역효과에 주의하자. 어떤 사람은 미움을 양분 삼아 더욱 비뚤어지기도 하는 법. 그들은 별 생각 없다가도 이 메시지를 계기로 더 억세게 피우겠다는 각오를 다질 것이다.

801호 사람입니다.
여기서 담배를 피지 말아주세요.
연기가 베란다를 통해 집안으로 들어옵니다.
저희에게도 불쾌할 뿐만 아니라,
돌도 되지 않은 아기가 담배 연기를 마셔요.
아파트 내에서는 금연으로 알고 있습니다.
밖에서 피워 주세요.
부탁드립니다.

　　가정용 프린터로 출력을 해서 붙인 드문 경우다. 손글씨를 드러내지 않고 폰트를 사용함으로써 이 메시지는 제법 공신력을 확보했다. 본인의 신분을 밝힌 점도 주목할 만하다. 이 정도 벽보를 제작할 주민이라면 왠지 신뢰해도 괜찮을 것 같다. 아기가 담배 연기를 마시는 극한의 상황에서도 폰트를 고르고 두께를 볼드(Bold)로 설정하고 용지를 수동 공급하는 침착성을 잃지 않았으니…… 다만 앞쪽 것에 비해 위력적이지 않다는 약점이 있다.

아마추어의 뛰어난 실력을 감상할 수 있는 안내판이다. 단호한 문체임에도 글자가 재밌게 생겨 위화감이 없다. 각 글자의 크기와 비례가 일정하면서 모양이 오목조목 특색 있는 수작이다. 아파트 단지 내 분리수거장 세 곳에 이와 같은 표지판이 있는데, 모두 같은 모양으로 글자를 그려 낸 품새를 보니 어지간한 솜씨가 아니다. 일상에 숨은 고결한 작품은 우리 생활 환경을 풍요롭게 한다. 이 품위 있는 무명 작가는 안내를 전달하겠다는 취지보다 멋진 글자 모양을 창작하는 데서 보람을 찾았으리라.

분노 표출이 극단으로 치달은 사례다. 글자는 지옥에서 기어 나온 악마 거머리처럼 생겼다. 악의 기운이 지나치게 강해서 구청장님이 붙인 경고판이 무색할 정도다. 증오가 얼만큼 쌓여야 저런 글자를 내뿜는 경지에 도달할까. 사악하지만 인상적인 이 글자체를 쓰기까지 작가는 스트레스로 머리카락을 많이 잃었을 것 같다.

주변은 글자로 가득하다

조금만 관심을 두면 모든 글자는 그 꼴이 천차만별임을 알아챌 수 있다. 어떤 구체적인 느낌을 표현하려는 글자꼴도 있고, 귀찮아서 대충 가져다 붙인 것도 있다. 의도야 어찌 됐든, 그 형태는 보는 사람에게 특정한 인상을 남긴다. 백화점 향수 브랜드 이름 글자를 보고 고급스러움을 느낀다든지, 드라마 제목을 보고 사랑스러움을 느낀다든지, 주점 간판을 보고 1970년대 명동을 떠올린다든지…… 도시에 사는 사람은 이런 일을 하루에도 수백 번은 겪는다.

물론 세심히 계획하고 활용한 경우가 그렇다는 것이고, 원조 감자탕집 간판처럼 무자비한 빨간색 글자를 도배해서 천박함이 들통나는 경우도 부지기수다. 반대로 기업 광고에 자주 등장하는 매끈매끈한 글자에서는 도무지 사람의 냄새가 나지 않는다. 기업 홍보팀은 일찍이 이 점을 간파하고 때때로 손으로 쓴 글자체를 광고 전면에 내세우기도 했다. 잠깐은 속아 줬지만 요즘엔 이마저도 낡은 상술로 보일 뿐이다. 상업적 광고에서는 어떤 글자꼴이 나와도 위선의 냄새가 난다. 이는 글자꼴의 문제라기보다는 가식으로 무장한 메시지 성격 탓으로 볼 수 있다. 다음은 아파트 단지를 벗어난 글자꼴 탐험의 내용이다.

　민망한 내용과 덜떨어진 글자꼴이 절묘하게 어울린다. 이것은 놀랍게도 어느 대학교가 지하철역에 내건 광고다. 교육철학이나 비전에 대해서는 일말의 언급도 없다. 현재 대학생들이 감내하는 온갖 어려움과 무관하게 이 광고는, 이 글자꼴은 현기증 나게 낙관적이다. 그렇다. 대학교는 꿈을 만나는 곳이니까, 대학생은 망설이지 않는 청춘이니까 저런 가증스러운 글자꼴이 어울리겠지. 그들은 세상을 향해 나아갈 테니까. 열정 페이를 받고 재능 기부를 할 테니까.

인간과 자연이 협력하여 만든 걸작. 글자꼴에서 시간의 흐름과 주인의 비통함을 동시에 느낄 수 있다.(망했어요.) 개인적인 감상을 말하자면, 원래의 밋밋한 글자꼴보다 태양이 일그러뜨린 지금의 색과 형태가 훨씬 멋지다. 세상 어떤 예술가도 혼자 힘으로 이렇게 멋진 작품을 만들 수는 없으리라.

  디자이너라면 모름지기 블링블링 보석이 제격이지. 자본 시장의 첨병으로 과소비 문화를 선도하는 디자이너의 성격을 적절히 표현한 글자꼴이다. 디자이너답게 생긴 여인을 표현한 그림과 어우러져 내 맘대로 꾸미고, 내 맘대로 가격을 올리고, 내 맘대로 팔아 젖히는, 하지만 그렇게 발생한 낭비 문화와 쓰레기 문제는 알 바 아니라는 무신경한 디자이너의 이미지를 예리하게 묘사한다.

진지한 콘서트홀 ★ ☆ ☆ ☆ ☆

신명 나는 판소리 한마당이 벌어질 분위기다. 이걸 어쩌지. 우리 학교 음악학부에는 국악 전공이 없는데. 이 기회에 국악 학부를 개설하자. 콘서트홀을 알차게 써먹을 수 있을 거야. 하지만 이공계 중심의 대학 구조 조정에는 도움이 되지 않겠지. 취업도 안 되고 연구비도 못 따내는 예체능에 할애할 공간이 어딨어. 콘서트홀 따위 집어치우고 융복합 과학 기술 연구소로 바꾸는 편이 낫겠다.

벨기에 사람에게 이 글자꼴을 보여 주면 재밌어할 것 같다. 벨기에 와플과 구한말 성경책에서 튀어나온 것 같은 글자꼴의 관계는 무엇일까? 19세기 말 유럽 선교사들이 최초로 벨기에 와플을 전파했다든지, 프란체스카 여사가 향수를 달래기 위해 와플을 자주 먹었다든지 하는 역사적 배경이 있다면 흥미로울 텐데. 막상 벨기에 사람은 자국의 와플을 벨기에 와플[14]이라 부르지 않는다. 모든 게 뒤죽박죽이다. 벨기에에는 없는 벨기에 와플, 그리고 이를 묘사한 한국식 복고풍 글자꼴.

---

14 벨기에 와플은 유럽과 북아메리카에서 인기 있는 와플의 일종이다. 이것을 가리키는 '벨기에 와플'이라는 단어는 정작 벨기에에서 쓰이지 않는다. 벨기에에는 브뤼셀 와플과 리에주 와플 등의 와플이 존재한다.(위키피디아)

도시와 글자

도시에서 살며 글자로부터 도망치지 못해 십수 년 동안 이런 공상에 사로잡혔다. 나이를 먹을수록 괴벽이 심해져 글자꼴에 관한 책을 사 모으는 데만 300만 원은 족히 썼다. 가끔 내가 미치지 않았나 의심했다. 이럴 시간에 하루빨리 정신 차리고 부동산이나 주식 투자에 관심을 기울여야 한다고 자책할 때도 있었다.

망상의 정도가 지나치다 싶을 무렵, 글자꼴을 활용하거나 만드는 일이 있는 곳에서 나를 부르기 시작했다. 얼마간 돈도 벌기 시작해 결국 글자 만들기에 관한 일로 먹고살 길이 생겼다. 나 말고도 이런 일을 직업으로 삼은 이가 몇 있다. 그들은 아무도 관심을 두지 않는 세상 한구석에서 사락사락 글자꼴을 자아낸다. 그리고 사람들은 책에, 광고에, 스마트폰에, 도로 표지판에 뿌려진 그것을 눈으로 흡수한다. 훈훈한 얘기다. 마치 구둣방 할아버지와 난쟁이 요정같이.

글자 짓는 난쟁이

명치나 맞지 않으면 다행이지

버스

그런 버스가 있다. 매일 같은 시간에 같은 사람들이 같은 정거장에서 내리는 동네 셔틀 같은 버스. 그날도 버스는 지하철역 정류장까지 가는 승객으로 만원이었다. 문이 열리기 무섭게 뉴타운 출근객들은 너도나도 티머니 단말기에 카드를 내밀고 변비 똥처럼 꾸역꾸역 밖으로 밀려나왔다. 불쌍한 미스 티머니는 낭랑한 목소리로 앵무새처럼 지껄이기 바빴다. "삑…… 삑…… 카드를 한 장만 대…… 이미 처리되었…… 삑…… 카드를 한 장만…… 삑……" 나는 머리에 왁스를 과하게 바른 아저씨와 몸을 맞댄 채 팀워크가 어긋난 이인삼각 조처럼 멈칫멈칫 문 쪽으로 전진하는 중이었다. 그때 뒤에서 누가 소리쳤다.

"비키세요!"

확 짜증이 나서 돌아보니 웬 사회학과 학생처럼 생긴 여드름투성이 청년이 우리 이인삼각 조를 경멸하듯이 바라보고 있었다. 비키라고? 자기만 내리는 줄 아나. 소리는 왜 질러. 그

97

는 멍청이처럼 귀에 이어폰을 끼고 있었다. 이봐 학생. 그따위로 지껄이면 비켜 주고 싶겠나. 명치나 맞지 않으면 다행이지.

공공장소에서의 언행에는 암묵적 절차와 공식이 있다. 이를테면 "실례합니다."는 어느 상황에서나 타인에게 접근할 수 있게 해 주는 유용한 말이다. 길을 물을 때는 "실례합니다. 길 좀 여쭐게요."라는 식으로 시작하면 된다. "고맙습니다."로 마무리하면 무난하다. 마치 문을 열고 닫는 것과 같다. 열지 않으면 방에 들어갈 수 없고, 닫지 않으면 남아 있는 사람이 기분 나쁘다. 이 정도는 습관처럼 입에 붙여 놓고 살면 편하다.

카트

대형 할인 마트에는 카트 예절이 있다. 무엇보다 중요한 예절이지만 아직까지 누구도 규정한 적이 없다. 지금 이 책을 통해 세계 최초로 카트 예절을 선포하는 바다. 자본주의 사회의 구성원이라면 누구나 알아야 할 기본 소양이다.

기본적으로 카트 운전은 자동차 운전과 크게 다르지 않다. 흔히 발생하는 사례를 알아보자.

*카트 방치: 식품 영양 성분표를 암기하면서 무심하게 카트를 방치하는 사람들이 있다. 쇼핑하면서 카트와 만나고 헤어지기를 수십 번. 내 것인 듯, 내 것 아닌, 내 것 같은 카트.

*겹치기 정차, 시식 코너 정차: 길을 막지 말란 말이다. 고작 몇 걸음 걷기 귀찮아서 길을 틀어막는 무개념 고객님이 많다. 한가한 장소에 원거리 주차를 하고 시식을 하면 어디 좀 좋은가.

*드리프트[15]: 특히 아저씨들. 카트를 밀다가 급격히 코너링을 한다. 마트에 따라와서 따분한 건 알겠는데, 그렇다고 카트 운

마트 카트에 너를 태우고.

전에서 스릴을 찾는 행태는 꼴사납다.

*올라타기: 초등학생과 아저씨가 하는 위험천만 꼴불견. 한쪽 발을 카트에 얹고 다른 발로 지면을 밀어 추진력을 가하다가 충분히 속도가 붙으면 올라탄다. 그리고 행복한 표정을 짓는 다. 병맛도 가지가지.

골프 카트처럼 전동으로 타고 다닐 수 있게 만든다면 고객 님들이 카트 예절에 좀 더 신경 쓸 것이다. 후진할 땐 「엘리제 를 위하여」 띠리리리 띠리리리리.[16] 그리되면 쇼핑 카트 면허 증이 생기고, 마트 직원들이 카트 운행 지도를 하게 될 테지.

아줌마

공공장소에서 많은 사람이(주로 중장년층이) 아무 예고 없 이 다짜고짜 밀고 당기고 양체처럼 정보를 캐 간다. 도무지 초 면에 이뤄지는 대화의 절차라곤 찾아볼 수가 없다. 잡생각을 하며 길을 걷는데 갑자기 "동사무소가 어디요?"라는 소리가 옆통수에 꽂히면 옷 속에 얼음을 집어넣은 양 불쾌하다. 듣는 사람 기분은 생각도 않고 용건만 챙기면 그만인가. 내 삶에 불 쑥 끼어들었으면 접대용 표정을 짓는 노력 정도는 하라고. 복 수심에 불타 "동사무소?"라고 반말로 대꾸하고 반대 방향을

---

15   자동차를 고속으로 운행하다가 곡선 주로에서 타이어가 마찰력을 잃어 미끌 어지는 현상. 타이어 성능이 좋지 않던 과거에는 자동차 경주에서 의도적으로 이를 활용하기도 했다. 요즘 의도적으로 드리프트를 구사하는 운전자는 없다.

16   베토벤이 1810년에 작곡한 피아노 소곡. 자동차 후진 시 경보음으로 이 멜로디 를 많이 쓴다. 누가 언제 어떤 이유로 이 곡을 후진음으로 쓰기 시작했는지는 아무도 모른다.

가리킨다. 골탕 좀 먹어 보시지.

　석양이 아름다웠던 어느 가을 오후 센티멘털해져 버스를 기다리고 있었다.

　"버스 언제 와요?"

　깜짝이야. 땅에서 솟아난 어떤 작은 아줌마가 들이댔다. 그녀는 이미 나의 사생활 공간인 반경 30센티미터 안쪽으로 침투한 상태였다. "실례합니다."도 "죄송하지만."도 "저기요."도 없었다. 한껏 올려다보며 얄밉게 웃을 뿐이었다. 버스가 2분 이내에 도착할 것을 알고 있었지만, 빈정이 상해서 정보를 넘겨주고 싶지 않았다.

　"몰라요."

　"핸드폰으로 찾아보면 알잖아요."

　이 눈치 없는 아줌마가 쿨하지 못하게 추궁했다. 최악이다. 이 인간이 진심으로 싫어졌다. 핸드폰 없다고 하고 싶었지만, 이미 손에 들고 있어서 그럴 수 없었다. 급기야 거짓으로 앱을 뒤적이는 척하고 15분 뒤에 온다고 거짓 소문을 흘렸다. 찌라시 정보를 철석같이 믿은 그녀는 근처 편의점으로 사라졌고, 잠시 후 나는 유유히 버스에 올라탔다. 창밖으로 망연자실한 그녀의 표정을 봤다. 「미션 임파서블」의 톰 크루즈가 된 기분이었다.

　지하철 플랫폼에서 승객이 내리길 기다리지 않고 정면으로 밀어닥치는 등산복 아줌마를 만나면 팔꿈치로 정수리를 내리치고 싶다. 어른인지 어묵인지 그딴 인간을 존중하고 싶은 마음은 조금도 없다. 빈자리에 앉을 요량으로 새치기와 육탄돌격을 마다 않는데, 그 정도 철면피라면 그냥 통로에 주저앉지 그러세요. 한때는 못 이기는 척 피해 준 적도 있었지만,

요즘엔 단 1센티미터도 비키지 않고 그대로 맞부딪친다. 당신의 이기적인 여정에 세상 모두가 협조적이리라 착각하지 마쇼. 흥미로운 점은 미식 축구 선수처럼 어깨 태클을 해도 정작 그녀들은 화내는 법이 없다는 사실이다. 중년 여성, 즉 아줌마의 머리에는 초면 예절이 존재하지 않는 것 같다. 그녀들의 방에는 열고 닫을 문이 달려 있지 않다.

개개인으로 보자면 이런 식의 평가는 부당하다. 그녀들은 우리의 사랑스러운 어머니와 누이가 아니던가. 우리의 소중한 가족을 이런 식으로 깎아내리다니. 여성은 공공장소에서 사회적 약자로서, 초조함이 주는 함정에 빠지기 쉽다. 때로는 지나치게 낯을 가리는 나머지 간단한 말조차 건네지 못하는 경우도 있다. "실례합니다." 다섯 음절을 입밖에 내는 일이 "그쪽이 제 이상형이예요. 전화번호 주시면 안 될까요."만큼 어려운 사람들이다.

하지만 아무리 힘들고 급하고 수줍다 한들 그녀들은 주변을 살피고 말과 행동으로 타인을 배려하기를 잊지 말아야 한다. 아줌마 팀의 대표선수로서 자신이 파렴치하다는 소문이 나게 해서는 안 된다는 뜻이다.

아저씨

아저씨의 악명은 아줌마보다 더하면 더했지 덜하지는 않다. 심지어 개저씨[17]라는 말도 있지 않은가. 요즘 SNS에서 「꼰대가 되지 않는 방법」이라든지, 「회식자리에서 진상인 상사」, 「40대에 하지 말아야 할 말들」과 같은 글이 자주 눈에 띄

---

17 '개'와 '아저씨'의 합성어

는 걸 보면, 아저씨 집단이 받는 미움의 크기를 짐작할 수 있다. 아저씨가 진상인 이유는 아줌마보다 악질적이다. 아저씨에게는 타인을 얕잡아보고 굴복시키려는 악랄한 권력욕이 있다. 자신과 생각이 다르다 싶으면 어떻게든 뜯어고치려고 안달이다. 하지만 강한 상대 앞에서는 표정을 싹 바꾸고 비굴한 아첨에 돌입한다. 이보다 더한 꼴불견이 어딨겠는가.

개저씨는 장소와 사람을 가리지 않고 권력자 행세를 하려 든다. 하물며 실제로 권력이 주어진 경우는 오죽하랴. "남자 친구랑 어디까지 갔어?" "술은 여자가 따라야 제맛이지." 이 정도는 양반이다. 이 기품 있는 책에 차마 담지 못할 저질스러운 일화가 많으니, 심심하거나 궁금한 독자는 인터넷에서 '개저씨'를 검색해서 읽어 보길 바란다. 나이깨나 먹은 할아버지가 지하철에서 자식뻘 되는 젊은이에게 자리를 양보하라고 행패를 부렸다는 일화는 귀여운 수준이다. 생면부지 여성에게 쌍욕을 하고, 가슴과 엉덩이를 더듬는 등 성추행을 감행한다. 부끄러워서 낯을 들 수가 없다. 장차 내가 얻게 될 미래의 이름을 천박하게 더럽히다니.

한번은 지하철역 계단에서 사람들이 우측 통행을 하지 않는다고, 이래서 나라 꼴이 엉망이라고, 고래고래 소리 지르는 아저씨를 본 적도 있었다. 아저씨 팀 망신살 뻗치는 추태는 곳곳에서 심심찮게 발생한다. 그런데 웃기게도 나에게 행패 부리는 아저씨는 본 적이 없다. 왜냐고? 꼰대 개저씨 중년 양아치는 만만한 사람만 골라서 괴롭히거든. 나는 키 180센티미터의 인상 고약한 남자다. 어딜 덤벼.

이 사회에는 양보받을 자격이 없는, 나이를 벼슬로 아는 몰지각한 꼰대 할아버지가 의외로 많다는 사실을 내 경우엔

성번 아저씨가 방귀까지 뀐다

2008년쯤 불현듯 깨달았다. 그때부터 노인에게 자리 양보하기를 그만뒀다. 자리 양보는 우리나라의 미풍양속이라는 따위 헛소리를 하는 사람이 있다면, 그 사람은 꼰대 할아버지와 커피 한잔하면서 "여자는 애 많이 낳는 순서대로 대우받아야 한다."[18]라는 어처구니없는 설교를 들으며 정신적 고문을 당해 볼 필요가 있다. 자리 양보는 호의일 뿐 의무가 아니다. 누가 봐도 양보할 만한 상황에서는 흔쾌히 앉을 자리를 내줄 것이다. 하지만 두 다리 멀쩡하고 입이 험한 늙은 꼰대(할아버지라는 호칭이 과분하다.)에게 베풀 호의는 없다.

나이를 항문으로 먹은 어느 쓰레기 교수가 자기가 잘못한 일을 내 실수 탓으로 돌리려 한 적이 있었다. 이차저차 얘기하다가 도저히 궁색했는지, 자기가 학교에 더 오래 있은 선배이므로 까불지 말라는 황당한 말을 씨부리는 게 아닌가. 그 사건으로 완전히 질려 버려서 나는 더 이상 그 아저씨를 선배 취급하지 않는다. 재수 없게 마주치면 알은체하지 않는다. 어떻든 상대를 굴복시키고 싶어서 내민 카드가 고작 선배라니 불쌍하잖아.

사회 곳곳에서 이런 일은 비일비재하다. 말싸움에서 지면 내뱉는 고전적인 레퍼토리, "너 몇 살이야?" "애비 애미도 없냐."는 목도리도마뱀이 천적 앞에서 목살을 펼치는 모습마냥 볼품없다. 나이를 따지는 아저씨는 일찍 태어난 것 말고는 변변히 내세울 게 없는 사람이다. 이제 막 아저씨에 입문하는

---

18   새누리당 김무성 대표는 2014년 11월 4일 당 중앙 여성 위원회 임명장 수여식 축사에서 "나에게 힘이 있다면 아기를 많이 낳은 순서대로 비례 대표 공천을 줘야 하지 않겠나 하는 고민을 심각하게 한다."라고 말했다.

남성들이여, 꼰대가 되지 않는 방법은 간단하다. 자신의 본업에서 실력을 키우자. 실력이 없는 비루한 남자는 돈, 지위, 나이와 같은 사항에 기대어 권위를 세워 보려고 발악한다. 권위주의자에게는 권위가 주어지지 않는다. 대신 비웃음만 얻을 뿐이다.

나는 대외적으로 디자이너인 동시에 대학 교수다. 어떤 교수가 못된 짓을 한다면(예전에 학생이었던 직원에게 똥물을 먹인다든지)[19] 그 행동 탓에 교수 집단의 사회적 위상은 한층 낮아질 것이다. 이곳저곳에서 그런 못된 짓이 눈처럼 쌓이고, 그에 대한 비난과 수모는 결국 모든 교수에게 돌아온다. 정도의 차이가 있을 뿐 결국 모두가 자신이 설 땅을 조금씩 갉아먹는 셈이다.

부모

부모들은 어떤 평가를 받고 있을까? 우리 사회의 부모는 아이들을 위해 옳은 결정을 하는 현명한 사람들인가. 아니면 자식의 미래를 망치는 로드 매니저[20]인가. 사회적 위치가 높은 사람이 편법을 써서 자식을 군대에 보내지 않는 경우를 종종 본다. 경력에 흠집 날 것을 각오하더라도 금쪽같은 아드님의 고생을 면케 해 주고 싶었을 터다. 이런 부모는 주니어의

---

19   국내 모 대학의 회화 디자인 학부 교수였던 장씨가 예전에 자신이 지도한 적이 있는 A씨를 약 2년간 감금하고 엽기적인 폭행과 가혹 행위를 가한 사건이 있었다. 인터넷에서 '인분 교수'를 검색하면 관련 기사를 읽을 수 있다.

20   연예인 스케줄과 컨디션을 관리하는 직업. 연예인 매니저는 크게 세 단계로 나뉘는데, 로드 매니저가 최하위급이다. 말이 매니저이지 사실은 박봉에 궂은 일을 도맡는 말단 비서 같은 역할이다.

편의를 봐주는 과정에서 생긴 파렴치한 부조리는 내 자식과 상관없는 일이라고 믿는다. 생각이 짧아도 이렇게 짧을 수가. 개인의 행실이 모여 사회의 분위기를 형성한다. 악행은 물을 흐리고, 선행은 물을 맑게 한다. 그리고 우리 자식들은 그 물 안에서 숨 쉬며 살게 될 운명이다. 자식을 위한 악행이 자식에게 좋게 작용할 리 없다. 그들이 나가서 헤엄칠 곳이 진흙탕인데 집 안에서 아무리 곱게 차려 입힌다 한들 무슨 소용이 있겠는가.

사회적 영향력이 강한 사람일수록 아이들이 살게 될 미래의 환경에 큰 영향을 미친다. 최근 페이스북 최고 경영자 마크 저커버그와 그의 아내 프리실라 챈은 약 52조 원 가치에 해당하는 회사 지분을 재단에 기부할 계획이라고 밝혔다. 저커버그 부부는 왜 기부를 결심했을까? 세금을 면제받기 위해서? 쇼맨십을 발휘해서? 아니면 성인군자라서?

Like all parents, we want you to grow up in a world better than ours today.(다른 부모와 마찬가지로, 우리는 네가 살게 될 세상이 지금 우리의 세상보다 낫기를 바란다.)

마크 저커버그, *A Letter to our Daughter*(2015)

의아할 수도 있다. 재산을 물려주면 딸은 물론이고 딸의 손주들까지 평생 호의호식할 수 있을 텐데. ~~그래서 우리나라 부자들은 재산뿐만 아니라 법인까지 쌈 싸서 물려주는데.~~ 그들은 자신의 딸이 다음 세대의 일원이라는 뻔한 사실을 기억했다. 자식을 키우는 사람의 입장에서 조금이라도 나은 세상을 물려주고픈 마음은 현명한 이기심이다. 다 쓰지도 못할 재산을 짊어지고 혼자서 소고기를 냠냠 먹으면 그 아이가 과연 행복할까? 그보다는 또래가 유복하고, 이웃이 온화하고, 자연이 깨끗하며, 사회가 공평하고, 극단에 몰린 사람들의 피눈물이 사라진 곳에서 우리의 자식들이 행복하게 살 수 있지 않을까.

혼자 사는 사람은 없다

인간은 관계 속에서 산다. 당장 내 눈앞이 아니더라도 세상 어딘가에서 비극이 발생하면 그것은 지진파처럼 울려 우리 가족에게까지 도달한다. 부정한 방법으로 아들을 군 복무에서 빼내면, 나중에 그 아들은 피해의식으로 오염된 남자들로부터 고통받으리라. 상속세를 피하려고 법 제도를 유린하면 그 법이 나중에 자식들의 사회 활동을 옥죄리란 예측을 하지 못할 정도로 어리석은가. 여성을 비하하고 혐오하는 말을 퍼뜨리면 그 혐오가 자신의 딸과 그 친구들을 비켜 가리라 생각하는가.

나는 유난히 이기적이다. 그래서 아저씨가, 교수가, 아빠가 지금보다 나은 대접을 받기를 원한다. 내가 사는 세상이 상식적인 곳이기를 바란다. 내 아이들이 괜찮은 세상에서 살기를 바란다. 염치와 예의를 갖추는 것은 남을 위해서가 아니다. 이렇게 책에 써서 냈으니, 카트 예절이 얼마나 잘 지켜지는지 한동안 유심히 관찰할 생각이다. 마트에서 장을 보는데 쇼핑카트의 흐름을 불만스레 지켜보는 중년 남자를 발견하면 그게 저인 줄 아세요.

행복 냄새가 나는 공기

거실은 장난감 범벅이다. 만사가 귀찮아 바닥에 널브러졌다. 아이들은 자빠져 있는 나를 장난감 취급한다. 아내가 집안을 청소하고 24시간이 채 지나지 않았는데, 어느덧 바닥에는 출처를 알 수 없는 서른 가지 음식 부스러기가 곱게 깔려 있다. 정리 정돈에 결벽증이 있는 나는 이런 집안 풍경을 느긋하게 받아들일 수 없다. 하지만 이게 나서서 치운다고 해결될 일이던가. 청소가 귀찮지는 않다. 열심히 치워 봤자 20분이면 다시 이 상태가 될 것을 알기에, 애써 투쟁하지 않을 뿐이다.

그날도 이런 집안에서 초겨울 태양에 표백된 무기력한 광선을 온몸으로 받아들이며 누워 있는데, 불현듯 따님의 카랑카랑한 목소리가 머리에 꽂혔다.

"이제부터 레고 블록이 사람이야."

천근 같은 중력을 이겨 내고 상체를 일으켜 딸이 있는 곳을 바라봤다. 이게 무슨 느닷없는 선언이란 말인가. 블록이 사람이라니. 인형이 아니고? 아들과 딸은 역할극 놀이를 하는 중이었다. 설정상 버스를 탈 승객이 필요했던 모양이다. 그래서 따님은 레고 블록을 가리켜 그것이 사람이길 희망했다. 그러자 그것은 사람이 되었다. "하나님이 이르시되 빛이 있으라 하시니 빛이 있었고."[21]

간단히 사람을 창조할 수 있다니. 부럽다. 저 정도 상상력이라면 디자인도 어렵지 않을 텐데. 아들과 딸이 하는 놀이 중에 '서정선서정면 놀이'라는 것이 있다. 이 또한 역할 놀이인데, 등장인물이 장난감 자동차들이고, 에피소드가 시리즈로 이어진다는 점이 특징이다.(며칠 전에 300회 특집을 했다.) 여기에 등장하는 장난감 자동차는 쓸데없이 품질이 좋다는 공통점을 빼면 모두 개성이 남다르다. 어떤 기준에 따라 선별한 것 같지는 않다. 어쩌다 우연히 눈에 띄어서 캐스팅했을 것이다. 어차피 배우가 누구인지는 중요치 않다. 아직 부서지지 않았고, 이름만 붙일 수 있으면 그만이니까.

서정선과 서정면은 등장하는 인물 중 가장 비중이 높은 두 배역이다. 서정선, 서정면, 서정윤, 서정언, 서정민, 서영건, 서영민, 서정균(고혈압으로 사망)이 주요 인물이고, 주변 인물로는 이름표 아저씨(노환으로 사망), 바나나애(노란색이라서), 리라두(신규 멤버) 등이 있다. 역할극 내용은 혼란스럽다. 자동차 캐릭터들은 늘상 쫓고 쫓기고, 다치고 탈락한다. 서정선서정면 놀이가 진행되는 중에는 집안 모든 공간을 영화 세트장처럼 활용한다. 거실에 길게 누워 있는 나는 필요에 따라 잠자는 거인, 높은 산맥, 톨게이트 중 하나로 규정된다.

미취학 아동이 있는 집에서는 이런 놀이가 하루에도 대

---

21 「창세기」 1장 3절

여섯 번씩 벌어진다. 부모는 아이의 상상력에 감탄하고 "나도 한때는 저랬겠지."라며 기억나지 않는 어린 시절을 대견해한다. 모든 인간은 한때 어린아이였으나, 그들은 나이를 먹음에 따라 비약적이고 대담한 상상력을 잃는다.

정말 그럴까? 물론 우리는 더 이상 빨강색 보도블록을 불타는 마그마로 보지 못하고, 가죽 소파를 타고 거센 파도를 헤쳐 나가지 못한다. 그렇다고 해서 어른인 우리가 상상이 불러오는 환각에서 벗어나 객관적 진실만을 보고 산다고 말할 수 있을까. 그게 아니라면, 혹시 다른 식으로 상상력을 발휘해 세상을 멋대로 규정하며 살고 있지는 않은지 한번 진지하게 생각해 볼 만하다. 우리가 사회적으로 실존한다고 믿는 개념, 관계, 위치와 같은 사항이 정말 확고한 진실이냐는 말이다.

만인의 관심사인 돈을 의심해 보면 재밌는 사실을 알게 된다. 가장 기본적인 사항부터 자문해 보자. 돈은 물질로서 존재하는가? 돈에는 어떤 가치가 있는가, 혹은 돈은 가치 그 자체인가? 당장 머릿속에 떠오르는 신사임당 이미지에 농락당하지 말자. 돈은 물질이 아닌 개념이다. 지폐와 주화는 돈이라는 개념을 실감 나게 보여 주기 위한 가시적 매개체일 뿐이다. 송금할 때 현금 다발을 택배로 보내지 않잖아. 지체 높으신 분들은 사과 박스에 현금을 채워 보내거도 한다지만. 신용카드도 마찬가지다. 플라스틱 카드는 허깨비에 불과하다. 그렇다면 돈은 뭘까!

금을 돈처럼 활용하던 때가 있었다. 당시 금은 교환 가치의 척도라는 점에서 그 의미가 돈과 같았고, 자연에 존재하는 물질이라는 점에서 돈과 달랐다. 최초의 돈은 금을 맡기고 영수증으로 받는 보관증에서 출발했다. 말하자면 금의 그림자로서, 원한다면 언제든 금을 꺼내 올 수 있는 손잡이였던 셈이다. 그러던 중 이 보관증이 돈으로 변신한 비약적인 사건이 발생했다. 영악한 금고지기가 부자들이 맡긴 금을 몰래 써 버리고 한동안 시치미를 뗀 것이다. 금고가 빈 것을 알 턱 없는 부자들은 사기꾼이 써 준 보관증을 애지중지 아꼈을 뿐만 아니라, 그 종이쪼가리를 금과 동일시하여 상거래에 사용하기까지 했다.[22]

금을 맡긴 부자들이 실물을 자주 확인하지 않는다는 점에 착안한 이 대담한 행동은 사기 행각임이 자명하나, 달리 보자면 인간이 종 특유의 상상력과 배짱을 발휘해 개념을 존재로부터 분리한 일대 업적으로 평가할 수 있다. 물질에 종속되지 않은 순수한 가치 개념으로서의 돈은 그렇게 황당한 범죄에서 발원했고, 이 비약적인 창조 이후로 인간은 텅 빈 허공으로부터 황금의 가치를 자아낼 수 있는 능력을 갖췄다. 그 이후로 이 추상적 가치에는 여러 이름이 붙었다. 돈, 자본, 채권, 주식, 신용, 원금, 이자…… 이 정도면 우리 애들의 장난은 그야말로 애들 장난에 불과하다.

어렸을 때는 비타민이 풍부하고 멋진 똥을 싸게 해 주는 음식이라면 덮어놓고 싫어했다. 그중 단연 최악은 채소 뿌리 냄새가 콧구멍으로 역류하는 당근이었다. 그 야생적 질감과 향이 어찌나 싫던지, 당근은 기름에 볶아 먹어야 좋다는 과학 교과서의 설명이 복음으로 들릴 정도였다.(볶는다고 없던 맛이

---

22   EBS 다큐 프라임 「자본주의」 편이 돈에 관한 흥미로운 사실을 쉽게 설명한다. ebs.co.kr에서 무료로 시청할 수 있다.

생기지는 않는다. 고작해야 맛없음이 약해지는 정도.) 어느 햇살이 화창한 오후에 어머니는 당근 뿌리를 잘라 식탁에 내놓았다.

"엄마, 나 당근 싫어해."

어머니는 나를 역병에 걸린 사람 보듯 하며 근엄한 목소리로 말씀하셨다.

"당근을 싫어한다고 단정하지 마. 언제든 당근이 좋아질 수도 있어."

인간은 자신을 중심으로 세상을 좋은 것과 나쁜 것으로 나누는 습관이 있다. 치킨은 좋은 것, 당근은 나쁜 것. 하지만 그 가치는 절대적이지 않다. 혀가 느끼는 감각에 따라 멋대로 가치가 매겨질 따름이다. 그마저 사람마다 달라서, 치킨보다 당근이 좋다는 사람도 있다. 동식물의 입장에서 보면 이런 평가는 당혹스럽다. 닭은 치킨이 될 생각이 없었고, 당근은 뿌리가 씹히게 될 운명을 계산하지 않았다. 어느 음식이 우월하다는 평가는 순전히 나에게만 유효한 판단이다. 인간관계도 다르지 않다. 친구와 적수는 날 때부터 정해져 있는가? 내가 속한 집단은 무엇으로 엮이는가? 같은 언행임에도 애인에게는 섭섭함을 느끼고, 친구에게는 편안함을 느끼는 이유는 무엇일까.

내 감각과 생각만이 유일한 진실이라고 믿으면 세상은 단순하고 쉽다. "클래식을 듣지 않는 사람은 교양이 없어." "아침형 인간이 생산적이지." "여자가 똑똑하면 밉상이야." "게임은 정신을 좀먹는 마약." 등등. 절대적 가치라는 환상에 빠진 사람은 타인의 우매함을 뜯어고치지 못해 안달이다. 그런 사람들이 구국의 열정으로 뭉쳐 어버이 연합이 되고, 인터넷을 잘해서 일베충이 된다. 세상 모두가 자신과 똑같이 생각해야 하고, 그러지 않는 인간은 지구상에서 사라져야 마땅하다고 철석같이 믿는 사람들이다. 그런 사람들이 예전에 어떤 큰 전쟁을 일으켰는데…… 무슨 전쟁이었는지 갑자기 기억이 안 나네.

사람마다 가치관이 다를 수 있음을 인정하는 자세는 행복으로 향하는 첫걸음이다. 행복. 누구나 입버릇처럼 달고 사는 행복을 이 책 위에 올려놓고 생각해 보자. 다들 행복하고 싶어 하지만, 행복이 무엇인지 정확히 아는 사람은 없다.

"너희는 행복이 무엇인지 아니?"

아버지는 저녁 식탁에서 고기를 구울 때마다 우리 남매에게 물으셨다. 대답할 틈을 주지 않고 어머니가 대답하신다.

"지금 이 순간이 바로 행복이야."

예나 지금이나 어머니는 모든 걸 명쾌하게 규정하는 분이다. 레고 블록을 사람이라고 정하는 것과 이 순간이 행복이라고 정하는 태도는 본질적으로 다르지 않다. 아버지와 어머니는 가난하고 고달팠던 1970년대를 지내고, 그때 그 식탁에서 딸, 아들과 함께 소고기를 구워 먹는 상황을 행복으로 삼았다. 충분히 그럴 만하다. 하지만 여드름투성이인 사춘기 아들은 그 풍요로운 상황을 행복으로 인식하지 못했다. 그 나이의 남자아이는 행복할 수 없는 숙명을 짊어진다.

행복은 마음에 달렸고, 그러니까 가난해도 행복할 수 있다는 식의 일반론을 말하려는 게 아니다. 행복하기 위해 우선 나의 행복이 무엇인지 알아내자는 것이 얘기의 핵심이다. 누구나 성공을 꿈꾸지만 무엇이 성공이냐고 물으면 구체적으로 답하지 못한다. 이는 우리 사회의 전형적인 패러독스다. 알지 못하는 목표는 달성할 수 없다. 무엇이 성공이고 무엇이 행복인지 모르는 사람이 과연 성공과 행복을 감지할 수 있을까?

목표가 확실하지만 뭔가 부족해서 도달하지 못했다면 더 열심히 달리면 된다. 그러나 도달할 곳이 없다면 무엇을 해도 밑 빠진 독에 물 붓기가 될 뿐이다. 많은 현대인이 행복을 실감하지 못하는 현상은 전혀 이상하지 않다. 목적지 없이 남들 좋다는 대로 질질 끌려가는 인생의 끝에는 피로와 피해의식만이 남는다. 도착지를 설정하는 일, 즉 나만의 행복을 규정하는 성찰은 내 삶의 주인이 되기 위해 반드시 거쳐야 하는 단계다.

행복 찾기 입문자는 자신의 취향에 맞는 제품과 서비스를 구입하며 만족을 구한다. 행복하고 싶지만 그 방법을 생각하기 귀찮아하는 고객님께 행복 냄새가 나는 공기를 그럴싸하게 포장해 파는 것은 이미 진부한 마케팅 방안이다. 악질적인 상술에 주머니를 털리지 않을 정도로 똑똑하다면 그것도 나쁘지 않다. 그러나 어떤 제품과 서비스가 내 취향에 맞는지를 모른다면, 광고따라 추천따라 미친 듯이 주문 버튼만 클릭하다가 택배 상자의 바다에서 질식할 가능성이 높다. 어떤 사람은 한우를 구워 먹으면 행복하다고 한다. 어떤 사람은 야마하 앰프로 음악을 들으면 행복하다고 한다. 어떤 사람은 보르도 와인을 마시면 행복하다고 한다. 어떤 사람은 북유럽풍 가구에 둘러싸여야 행복하다고 한다. 뭐든 좋다. 하지만 할아버지가 이건희가 아닌 다음에야 저런 걸 몽땅 누리고 살 수는 없잖아.

다만 갑부가 아니더라도 한 가지 정도는 갖출 수 있다. 정말로 좋아하는 것 하나에 크게 쓴다고 비난할 사람 없다. 이러한 한 방 소비는 다른 사람의 눈치를 보지 않는다는 점에서 허영심과 다르다. 반지하 월세를 살면서 수천만 원짜리 오디오 세트를 갖춘 사람은 묘한 자부심을 뿜어낸다. 오지랖 넓은 이

행복의 맛

옷은 집도 없는 주제에 사치스럽다고 충고하겠지만, 그는 적어도 자신의 취향을 알고 그것에 집중할 줄 안다는 점에서 현명하다.

한때 미국 프로 농구에 푹 빠져서 선수 이름이 박힌 NBA 정품 유니폼을 산 적이 있었다. 그 유니폼 가격이 무려 30만 원이었다. 1998년 가격이니까 지금으로 치면 50만 원 정도 될까. 한 달 생활비를 탈탈 털어 운동복을 구입하다니. 심지어 입으려고 산 것도 아니었다. 골수팬으로서 소장하는 희귀한 상징…… 옷장보다 액자에 어울리는 일종의 증명서인 셈이다. 그 비싼 상징을 구입함으로써 나는 평범한 팬이 아닌 소수의 추종자로 세례받았다.

따지고 보면 정신 나간 짓이다. 그 돈으로 제대로 된 옷을 사 입었더라면 지금보다 나은 사람이 됐을지도 모른다. 어머니에게는 그 옷이 얼마짜리인지 끝내 말하지 않았다. 대학생이나 돼서 맞기는 싫으니까. 요즘엔 헌 옷 무더기 가운데 삐죽 솟아나온 그 파란색 애물단지를 보면 한숨만 나온다. 요란스러워서 입을 수도 없고, 버리자니 돈 생각 난다. 딱 한 번 농구할 때 입은 적이 있다. 뭇 시선을 끄는 민소매 유니폼을 입고 학교 농구 코트에 등장했을 때, 사람들은 내가 덩크슛을 하리라 확신했다. 실망스럽게도 나의 농구 실력은 그 유니폼 백 분의 일에도 못 미쳤다. 페라리 껍데기에 경운기 발동기를 넣은 꼴이었다. 사람들의 실망은 조롱으로 바뀌었다. 아, 지금 생각해도 쪽팔려.

물질의 소유에서 오는 만족은 휘발성이 강하다. 사람은 변하고 물건은 낡기 마련이다. 익숙해지고 유행이 지나면 처음에 특별했던 감흥은 사라진다. 그런 단편적인 감상은 행복이라 부르기에 부족하다. 택배 기사의 초인종 소리에 느끼는 흥분이 덧없음을 느꼈다면, 이제 어려운 기술을 연마해 볼 만하다. 악기를 연주하거나 요리, 서예, 플라스틱 모델 조립에 도전해 보자. 스포츠나 춤, 격투기도 좋다. 정적인 사람에게는 글쓰기를 권하고, 특이한 걸 좋아하는 사람에게는 마술, 저글링, 외발자전거, 덤블링을 권장한다. 쉽게 달성하기 어려운 기술을 수련하면서 사람은 자신의 몸과 마음이 이 세계와 어떻게 연결되어 있는지를 느낀다. 이는 바닥이 보이지 않는 물욕을 채우며 느끼는 말초적인 자극과는 다르다.

인류가 수천 년간 정밀하게 다듬은 노하우를 전수받아 기타 연주를 연습하던 시절이 있었다. 유튜브를 보면서 왼손을 놀리고 오른손으로 줄을 튕기다 보면 어느덧 내가 공기를 울리고 있음을 실감한다. 절묘하게 파장을 겹치는 법, 시간을 단축하고 확장하는 원리를 온몸으로 체득하며, 보잘것없는 내 손가락이 이토록 섬세하고 덧없는 울림을 조탁할 수 있음에 놀라던 기억이 생생하다.

요즘엔 테니스를 치면서 힘의 흐름을 느끼고 통제하는 방법을 익히는 중이다. 운동은 어렸을 때 배우라는 말은 새겨들을 만하다. 근력이 약한 초등학생 때 테니스를 배워서인지, 힘에 의지하기보다는 무게중심을 이용해서 공을 치는 방법이 몸에 익었다. 습관에 따라 공을 치다 보면 라켓은 내 몸의 일부가 된다. 중력과 원심력이 톱니바퀴처럼 맞물려 돌아가는 리듬의 정점에서 라켓이 공을 움켜쥐는 0.1초를 느끼는 순간, 나는 우주고 우주는 곧 나 자신이다.

운동을 육체의 표현 기술이라 한다면, 음악과 그림, 글쓰기는 각각 소리, 형태, 언어를 통한 표현의 기술이라 할 수 있다. 요리는 또 어떤가. 능숙한 솜씨로 맛, 냄새, 색, 질감을 섬세하게 조합하고 가공하는 모습은 경탄을 자아낸다. 미각을 동원하는 궁극의 복합 능력이라는 점도 매력적이다. 아직 배운 적은 없지만, 요리는 언젠가 반드시 숙달해 보고 싶은 기술이다. 오감에 깃든 경이로운 가능성을 일깨우고, 세계에 놓인 나의 존재를 확인케 해 주는 이러한 행위를 통틀어 사람들은 일찍이부터 예술이라는 이름으로 불렀다.

기예의 완숙도를 다른 사람과 비교하며 경쟁하는 것은 금물이다. 이는 프로의 영역으로, 행복의 나라를 찾는 구도자가 발을 들일 곳이 못 된다. 실력 경쟁에 신경 쓰기 시작하는 순간 질투의 나락에 빠지게 될 것이다. 서로를 독려하는 동료를 둘 수 있지만, 반드시 필요하지는 않다. 예술은 인간적 교류가 아니다. 오히려 애호가들과의 친선에 의미를 둔다면 본연의 흥미보다 그들과의 어울림에 많은 시간을 쏟게 되고, 결국 질척한 인간관계에 정신만 축날 터다. 사심 없이 몰입한 당신은 어느 경지에 이르러 사람들 앞에서 갈고닦은 기술을 선보일 기회를 얻게 될지도 모른다. 그런 무대는 큰 행운이지만, 예술을 수련하는 길 전체를 보자면 그다지 중요하지 않다. 예술은 내면의 투쟁이고 고독에서 찾는 평안이다. 시작은 있으나 끝은 없다. 그리하여 예술을 통해 얻는 행복은 은밀하고 무한하다.

예술을 익히는 동시에 자유롭게 사색하기를 권한다. 돈이 들지도, 별다른 지식이 필요하지도 않다. 그러나 생각이야말로 평범한 인간이 누릴 수 있는 가장 큰 특권이 아니던가. 인도의 어떤 사람은 가시방석 위에서, 중국의 어떤 사람은 폭포

를 맞으며 도를 닦는다지만, 무식하게 그런 흉내를 낼 필요는
없다. 생각은 어디서나 할 수 있고 공기처럼 공짜다. 다만 우
리는 여러 일에 휘말려 온전히 생각에 집중할 시간을 내지 못
하기 십상이다. 하루 종일 격무에 시달리다가 잠시라도 틈이
나면 스마트폰을 들여다봐야 하니, 오롯이 생각에 빠져들 시
간이 귀하다.

그래서 인간은 산책을 발명했다. 산책은 생각을 이끌어 내
는 가장 훌륭한 수단이다. 역사상 수많은 위대한 사상이 이 간
단한 걷기 활동에서 비롯했다는 사실을 기억해 보라. 집 근처
에 근사한 자작나무 숲이라도 있으면 좋겠지만, 그렇지 않다
면 평범한 골목길도 흠잡을 데 없는 산책로가 될 수 있다. 도
시인의 영광과 좌절이 매일같이 벌어지는 무대인 이곳, 아파
트와 원룸 주택이 빽빽한 이 재개발 촉진 지구 골짜기가 나의
생각을 펼치기에 가장 적합한 장소라는 사실을 깨달은 지는
얼마 되지 않았다. 도시인의 사색은 쓸쓸하기보단 치열하고,
평화롭기보단 전투적이다. 산새가 지저귀는 자작나무 숲길을
거닐며 각박한 도시적 애증을 떠올리기는 쉽지 않을 것 같다.

나는 하루에 두 번씩 산책한다. 내가 걷는 길은 한때 나무
가 울창한 산길이었으나, 지금은 붉은 벽돌집과 콘크리트 아
파트가 들어찬 삭막한 곳이다. 이 길을 따라 거대 아파트 무리
가 협곡을 이루고, 경전철 공사 중장비가 굉음을 내며 땅을 두
드린다. 가파른 언덕을 기어 내려가는 자동차 행렬 너머로 수
많은 건축물이 산비탈을 가득 메운 장엄한 광경을 목격하게
된다. 저 많은 건물을 짓고자 얼마나 많은 사람이 개미처럼 달
라붙어 일했을까. 가파른 언덕을 오르내리는 40분 동안 수많
은 잡생각이 들다가, 도착할 무렵에는 처음 떠올랐던 생각이

흔적도 없이 사라진다. 이렇게 잊히는 생각은 주로 후회와 분노로 찌들은 망상이다. 나는 이 현상을 기억의 소각이라고 명명했다. 세속적인 기억과 걱정을 칼로리와 함께 태워 버리면, 그제서야 나의 머리는 진지한 구상과 위대한 발견이 들어설 자리를 내준다.

뉴타운에 사는 중류층 물질주의자인 나는 사색이 그 자체로 행복을 준다고 믿지 않는다. 자본주의 사회에서 태어난 우리는 참선만으로 평화를 얻도록 길들지 않았다.(자작나무 숲에 사는 수도승과는 다르다.) 그럼에도 고독한 사색은 필요하다. 상상력을 자유롭게 풀어 주기 위해, 나쁜 기억을 분쇄하기 위해, 하고 싶은 일이 무엇인지 밝히기 위해, 행복이 무엇인지 규정하기 위해 우리는 바쁜 일상의 작은 조각을 떼내어 생각에 투자해야 한다.

어른의 삶은 서정선서정면 놀이와는 비교할 수 없을 정도로 복잡하다. 블록이 사람이라고 선언하는 정도로 행복할 수 있다면 얼마나 좋을까. 애석하게도 이 세계는 온갖 추상적 개념으로 가득해서 치열하게 고민하지 않고는 알 수 없는 일투성이다. 살면서 맞닥뜨리는 갖은 의문을 풀어 줄 답은 책에 있지 않다. 자신에게 무심히 묻고, 서툴게 대답하다 보면 연결된 매듭이 풀리듯 해답이 하나둘 떠오른다. 일하면서 느끼는 보람, 이루고자 하는 목표, 지키고 싶은 자존심, 내 편과 경쟁자, 역사의 한 페이지라고 느끼는 순간순간…… 이처럼 실제로 존재하진 않지만, 각자 알아서 규정해야 할 가치가 모두에게 숙제처럼 주어진다. 사색의 시간에 상상력을 발휘하여 이런 추상적 가치를 당돌히 규정을 할 수 있을 때, 우리는 이 세상을 다른 사람의 눈이 아닌 나의 시선으로 바라볼 수 있다.

구름의 원리

디자이너는 연봉이 얼마예요?

고등학교 진로 특강에 연사로 초청받았다. 진로라는 단어는 장래의 취업과 연봉을 동시에 지칭하는 용어다. 즉 유리구슬을 들여다보고 미래를 예언하라는 주문을 받은 셈이다. 내게 그럴 만한 능력이 있나? 독특한 분야에서 취업도 했고 대학에서 강의도 한다고 하니, 진로라는 것을 의무적으로 탐색해야 하는 고등학생 입장에서는 한 번쯤 얘기를 듣고 싶을 수도 있겠다. "디자이너가 되려면 이런 학과에서 저런 공부를 하고 그런 자격증을 따야 합니다."라고 거짓말을 늘어놓고 싶었다.

나의 20대는 대책 없이 한심했다. 지금도 한심하지만 그때는 격이 다르게 한심했다. 굳이 평가하자면 그렇다는 말이다. 천하태평 제멋대로 산 시절을 후회하진 않는다. 나를 싫어하는 친구들은 그럴 만한 이유로 나를 싫어했고, 함께 어울리는 친구들은 온갖 유치한 말을 지껄이며 영원과도 같은 시간을 흘려보냈다. 당시 나라는 인간에게는 생각만으로도 진절머리가 난다. 무엇 하나 되는 일이 없었고 하루하루가 불안했

125

다. 그 불안감이 만든 시커먼 공백을 외면하려고 험한 말을 입에 담으며 낄낄댔다. 그렇게라도 하지 않으면 미쳐 버렸으리라. 학교는 나갔지만 공부는 거의 안 했다. 그나마 학교에 내 자리가 없었다면 투명 인간이 됐을 터다.

학점을 포기하면 대학 생활은 여유롭다. 4년 중에 1년을 컴퓨터 게임에 탕진했다. 1년은 잠을 잤고, 1년은 먹고 싸고 샤워를 했다. 남은 1년은 예의 생각 없는 언행으로 주위 사람을 괴롭혔다. 정신적 피해는 주변 사람이 흡수했고, 나는 모르는 척 지나갔다. 운 나쁘게 내 근처에 있던 사람들이 불쌍할 따름이다. 그렇게 어디로 나아가지도, 재밌게 놀지도 않는 회색빛 시간을 보내며 나의 한심함은 극에 달했다. 취업 걱정은 없었다. 1990년대였으니까. 디자인학과를 졸업하면 밥벌이는 확보해 놓은 티켓이었다. 좋은 시절이었다. 그때 졸업해서 천만다행이다. 세상은 참으로 불공평하지 않은가. 요즘 학생은 죽기 살기로 공부하는데, 취업은커녕 학자금 대출만 쌓인다.

인간쓰레기로 살면서 가까스로 흥미를 느낀 일은 우리 사이에서 장래가 어둡기로 정평이 난 편집 디자인이었다. 120명 정도 되는 학과에서 편집 디자인이 좋다고 천명한 학생이 단한 명 있었는데, 그게 나였다. 편집 디자인은 책이나 잡지 같은 인쇄물을 만드는 일이다. 그때는 온 세상이 무슨 최면 같은 것에 걸려서 너도나도 광고 아니면 웹디자인에 영혼을 던졌다. 과거의 나는 한심했을 뿐만 아니라 심성도 비뚤어졌던 탓에 디자인학과 학생이라면 다 한다는 html이니 플래시니 공모전이니 하는 것들을 본능적으로 기피했다. 다들 가지고 있는 휴대전화를 등 떠밀려 구입하기 싫다며 버티다가 또래 중에서 가장 늦게 개통했다. 요컨대 남들이 사는 꼴이라면 덮어 놓고 싫었다. 편집 디자인에 편집증적 흥미를 느낀 데에는 이런 비뚤어진 성향이 한몫했다고 생각한다.

컴퓨터 게임에 몰두했던 것도 대학생 시절 소소한 괴벽 중 하나였다. 흔히 말하는 게임 중독이라는 용어가 그 시절 나를 설명하는 것 같다. 한때 함동윤의 자취방에 틀어박혀서 일주일 동안 문밖으로 나오지 않았던 적도 있었다. 함동윤은 최신 컴퓨터와 몇 가지 게임을 가지고 있었다. 좁은 방에서 한 사람이 게임을 하면 다른 사람은 뒤에서 구경하든지 만화책을 읽었다. 딱히 잠을 잘 이유가 없어서 낮밤을 구분하지 않았다. 배가 고프면 냉장고에서 아무거나 꺼내 먹었다. 버티지 못할 정도로 눈이 감기면 침대에 몸을 쑤셔 박고 체력을 회복했다. 잠에서 깨면 곧장 다시 컴퓨터에 달라붙었다. 이러한 패턴으로 이삼 일을 보내기가 예사였다. 숱한 시간이 하수구에 쌓인 눈처럼 흔적도 없이 녹아 없어졌다. 쓸모없는 일에 순수하게 집중할 수 있는 것도 재능이다. 게임을 마음껏 할 수 있었던 과거의 나에게 경의를 표한다. 게임 중독에 빠지지 않고 잘난 취업 준비를 했다면 나은 진로를 발견했을지도 모른다. 하지만 이젠 다 지난 일이다. 좁고 지저분한 자취방에 틀어박혀 얕은 잠에 취한 듯 지낸 시간에서 나는 무엇을 배우지도 꿈꾸지도 않았다.

공부는 뒷전이었지만 졸업은 제때 할 수 있었다. 겁이 많은 사람은 결정적인 순간에 자신을 챙긴다. 나는 무위도식하는 와중에도 졸업 요건만큼은 살뜰히 챙겼다. 평균 학점은 형편없었지만, 학사 경고를 받은 적도 없었고, 필수 과목도 턱걸이로는 죄다 이수했다. 아무리 공부를 안 해도 출석만

꼬박꼬박 하면 F를 받는 일은 없었다. 1990년대니까. 요즘처럼 상대 평가니, 재이수 불가니 하며 빡빡하게 굴지 않았다. 학점 따위보다 운동회 농구 대표 선수로 나가는 일을 더 중요하게 생각했다. 농구 연습 한다고 전공 수업을 빼먹을 정도였다. 과거의 나를 만나면 농구공으로 녀석의 면상을 후려칠 것이다.

비인기 분야에 관심을 둔 덕분에 일찌감치 취업 추천을 받는 역설적 상황이 발생했다. '홍디자인'이라는 디자인 회사에서 우리 학교 교수님께 편집 디자인에 관심 있는 학생을 추천해 달라고 부탁했다. 그 추천권은 구불구불 워터 슬라이드가 풀에 다다르듯 필연으로 나에게 안겼다. 그렇게 인턴 직원이 되었다. 어떤 회사인지 연봉이 얼마인지 구체적으로 무슨 일을 하는지 전혀 따지지 않았으니, 보통 상식으로 납득할 수 없는 취직이었다. 선임 디자이너들은 부처님 저리 가라 할 만큼 선했다. 신입인 주제에 어지간히 말을 안 들었는데, 때리지 않고 친절히 대해 줬다.

결과적으로 홍디자인에 합류한 사건은 예상치 못했던 행운이었다. 직원이 많지 않아서 무능력자인 나에게까지 좋은 프로젝트가 주어졌다. 2년 동안 근무하면서 활자를 배열하는 법, 사진 보는 능력, 인쇄 공정 등을 익혔다. 여전히 책임감이나 성실과는 거리가 먼 한심한 인간임에는 변함이 없었지만, 그래도 최소한 책을 만들 줄 아는 한심한 인간으로 성장했다. 물론 그렇게 발전하기까지 주변의 희생이 있었다. 어설픈 신입을 한 명의 디자이너로 키우기 위해서는 많은 인내와 보살핌이 필요하다. 사소한 일까지 하나하나 다 가르쳐 줘야 하고, 별 거지 같은 디자인을 내놓아도 참고 봐 줘야 하고, 황당한 사고를 치면 수습해 줘야 한다. 일을 느리게 배우는 편이라 장장 2년이라는 시간 동안 동료들에게 폐를 끼치며 그곳에 있었다. 월급을 받으면서 일을 배우는 호사를 누린 셈이다.

간신히 밥값을 해낼 무렵에 회사를 그만뒀다. 이렇다 할 이유는 없었다. 군이 말하자면 디자인에 관심이 생겨서랄까. 그 무렵 나는 내가 하는 일이 무엇인지 모른다는 자책감에 시달리고 있었다. 나를 괴롭히는 디자인의 정체가 알고 싶었다.(그제서야!)

유학 준비는 토플 학원을 다닌 것 외에는 특별히 없다. 요즘 대학생은 이해하기 힘들겠지만, 나는 졸업할 때까지 영어 공부를 따로 하지 않았다. 그래도 큰 문제는 없었다. 토플은 벼락치기로 높은 점수를 딸 수 있는 시험이다.(진로 특강에서 이런 얘기를 하면 안 되겠지.) 비장한 각오를 다지며 머리를 빡빡 깎고 토플 학원에 등록했다. 석 달 동안 아무도 만나지 않고 정독도서관에서 공부했다. 사실 집중해서 공부하는 시간보다 공상에 빠지는 시간이 많았지만, 그래도 운이 억세게 좋아서 턱걸이로 최소 점수를 넘겼다. 토플 공부를 시작한 지 5개월 만에 이룬 쾌거였다.

세계적으로 유명한 예술 학교인 칼아츠 대학원 과정에 지원해서 면접을 보게 됐다. 그때만 해도 영어를 지독하게 못해서 걱정을 많이 했었다.(토플 점수와 영어 실력은 관계가 없다.) 그런데 일이 풀리려고 그랬는지, 면접을 맡은 두 교수가 말싸움을 벌이는 바람에 영어 밑천이 드러나지 않았다. 20분 동안 내가 한 말이란 "나이쓰 투 밑 유, 아임 후럼 코리아, 땡큐, 바이바이."가 전부였다.(인사말만 원어민 수준.) 면접자를 소외한 그 면접 같지 않은 면접 덕택에 대학원에 들어갔다.

시험이나 입학을 앞둔 모든 사람이 그러듯, 나 또한 대학원에 입학만 하면 모든 일이 잘 풀리리라 생각했다. 하지만 입시를 앞둔 모든 수험생들이여 명심하라. 합격은 공부의 시작이다. 대학원 신입생 등록을 할 때 앞으로 해야 할 공부가 얼마나 많은지 짐작도 못 했다. 이후에 펼쳐질 고생길을 미리 알았더라면 입학을 포기했을지도 모른다. 그 정도로 대학원 생활 2년은 오로지 수업과 공부였다. 디자인 소림사가 따로 없었다.

내 인생에서 짧은 기간 동안 그렇게 공부를 많이 한 적은 전무후무하다. 회사에서 일을 하고 온 경험이 큰 도움이 됐다. 논문을 쓴 1년 동안은 다른 일을 아무것도 안 하고 매일 새벽 3~4시까지 스튜디오에서 살았다. 원 없이 공부했다. 컵라면으로 끼니를 때우고 일주일에 한 번씩 교수들에게(입학 면접 때 만났던 말싸움 2인조 포함) 학문적으로 무시당하는 처절한 생활 속에서, 마치 간장에 절인 장조림처럼 대학원생 신분에 폭 절었다. 마땅히 계획한 진로는 없었다. 공부 말고는 할 일이 없었다.(쉬는 시간에는 플레이스테이션으로 게임을 했다. 여전히 게임 중독이었다.)

석사 학위증을 받은 다음 날부터 사흘 동안 감기 몸살을 심하게 앓았다. 고열과 오한에 시달려 몸무게가 4킬로그램이나 빠졌다. 한바탕 아프고 나니 정신이 들었다. 이제부터 뭘하지? 일단 미국에 투입한 외화를 환수하겠다는 심보로(완전 애국자) 미국에서 일할 수 있는 기회를 찾아봤다. 무려 50군데 지원서를 넣은 결과, 두 곳에서 연락이 왔고 그중에 이름이 길고 어려운 쪽에 취직했다. 일을 시작하고 한 달이 지나서야 그 회사가 세계적으로 유명한 광고 회사인 줄 알았다. 그때 내 나이가 서른한 살이었다.

그렇게 막막하고 불안한 20대가 막을 내렸다. 책이나 영화와는 딴판으로 결코 낭만적이거나 화려하지 않았던 청춘. 일과 공부에 파묻혀 한 치 앞도 보이지 않던 나날. 원하는 바가 없기에 결핍조차 없었던 공허한 시절. 나의 20대는 "그런 시간도 있었다."라고 자조하는 데 의미가 있다.

각자 자신의 다음 10년을 목전에 둔 고등학생들이 내 얘기를 들으려고(선생님이 시켜서) 눈을 초롱초롱 빛내며 앉아 있었다. 속으로 한숨만 나왔다. 앞으로 10년을 어떻게 살아갈래. 억세게 운이 좋기를 기도할 뿐이다. 나의 20대는 특수한 상황, 갑작스러운 기회, 예상치 못한 도움의 연속이었다. 이런 내가 해 줄 수 있는 말이란 "어쩌다 운이 좋아서 이렇게 됐어." 가 고작이다.

나는 진로 특강에 어울리는 사람이 아니다. 취업을 계획하지 않은 덕분에 취업을 했고, 순수하게 공부한 덕분에 논문을 썼고, 가치 있는 논문을 쓴 덕분에 취업을 했다. 미지의 적성, 부모의 세속적 기대, 장래의 연봉이라는 변수로 3차 방정식을 세우며 직업의 경중을 저울질하는 대신, 디자인의 신이던진 주사위 숫자에 따라 일과 공부에 뛰어들었다. 내일을 걱정하느라 오늘에 집중하지 못한다면 탐색이니 설계니 소용없다. 너희들이 나아갈 길은 아무도 모른다. 교사도, 멘토도, 교육부 장관도 모른다.

"디자이너는 연봉이 얼마예요?"

진로 탐색 특강이 끝나고 어떤 학생이 물었다.

"2천에서 1억 사이."[23]

그러자 학생은 의중을 파악할 수 없는 말을 내뱉었다.

"대박."

나의 무성의한 대답이 대박인지, 디자이너 연봉의 널뛰기가 대박인지, 아니면 통일이 대박인지 알 수 없었다.

─ 그냥 별거 없어……

─ 헐! 대박! 완전 대단해!!!

---

23   내가 여지껏 받아 본 최소 연봉과 최고 연봉 범위다. 지금은 이 범위의 중간 정
     도 받는다.

그때 가서 다시 연락할게

신성한 의식을 치르듯 커피를 내린다. 수없는 반복으로 몸에 밴 절차에 따라 일말의 의심 없이 수행하는 고독한 업무.(카! 완전 멋져.) 커피 한잔이 뭐 그리 대수냐 생각할 수도 있겠으나, 여기서 말하는 <u>의식으로서의 커피 내리기</u>는 몇 단계 전후 과정을 수반하는 섬세하고 까다로운 작업이다. 이는 기업의 커피 담당 인턴 사원도 감탄할 만큼 미묘해서, 매년 열리는 '대한 모닝커피 학술 대회'에 논문으로 발표할 만하다.

아침 7시, '사유의 전당'에 들어와 어제의 잔해를 제거한다. 먼지 쌓인 벽에 페인트칠을 할 수 없듯이, 논쟁의 격전이 휩쓸고 간 방은 커피 냄새를 맞이하기에 적당하지 않다. 전날 석사 논문 지도라도 있었다면 상황은 최악이다. 책상에 널린 온갖 책과 인쇄물, 커피잔, 과자 부스러기에는 대학원생의 체념과 분노(교수님, 논문 주제 바꿀래요.), 눈물 섞인 후회(미쳤다고 대학원에 왔어.)가 고스란히 남았다. 테이블을 정리하고, 컵을 씻고, 이면지를 치우고, 책을 제자리에 꽂는다. 아침 댓바람에 심난한 흔적을 지운다.

웬만큼 정리를 마치고 경건한 마음으로 물을 긷는다. 사유의 전당에서 가장 가까운 정수기는 전방 50미터 거리에 있다. 이놈의 망할 정수기는 중학생 여자아이 전용이라서 물이 졸졸 흐르는 내내 허리를 빼딱하게 굽혀야 한다. 많은 장소에서 성인 남성은 소외되기 일쑤인데, 그중에서 유독 싱크대, 세면대, 정수기와 같이 물이 나오는 곳에서 이런 차별이 두드러진다.

맑은 물을 옆에 놓고 커피콩을 간다. 커피콩은 생각보다 단단하다. 그라인더로 와그작와그작 미친 듯이 갈면 손목이 꺾일 듯이 아프다. 고소하면서 신 내 나는 커피가루는 주변에 은밀한 분위기를 부여한다. 세상 모든 고뇌를 다 짊어진 남자처럼 미간을 찌푸리고, 마치 뒷골목에서 마약을 제조하는(하지만 원빈처럼 잘생긴) 범죄자 느낌으로 무심하지만 섬세하게 커피가루를 사락사락 옮겨 담는다. 방금 전까지 똥줄 빠지게 그라인더를 돌려 대며 실추한 멋스러움을 극적으로 만회한다. 곧 피어오를 카페인의 향취, 심장의 고동이 빨라지는 순간을 준비하며 자못 숙연하게 금단의 가루를 바라본다.

허리를 꼿꼿이 펴고 거만하게 잔을 내려다보며 뜨거운 물을 조금씩, 아주 조금씩 공급한다. 이때는 목마른 죄수를 약올리는 간수가 된 기분이다. 얄궂게 두세 방울씩 떨어뜨리는 물방울을 커피가루가 탐욕스럽게 빨아들인다. 이때 한 손을 주머니에 찔러 넣으면 더 멋지다. 한때 커피 메이커가 해 주던 일을 내 손으로 직접 처리하기 시작한 이후로 나는 아침마다 커피 내리기에 더 많은 시간을 투자하고, 그 대가로 한층 멋있어졌다.

아침 7시부터 9시까지는 집중이 필요한 일을 처리하기 위

개드립, 개간지

해 떼어 놓은 각별한 시간이다.(이 책에 실린 글 대부분이 이 시간대에 탄생했다.) 1분 1초가 소중한 가운데서도, 하루를 제대로 시작하게 해 주는 20분의 여유는 아깝지 않다. 커피는 좋은 핑계다. 한 박자만 늦춰 시작하자. 마음에 걸리는 일이 있어 밤새 뒤척인 날 새벽에는 몸보다 마음이 앞선다. 이때 나를 붙잡아 차분히 청소를 하고 커피를 내리면, 세상이 무너질 것 같던 조급함도 어느새 여유로 바뀐다. 여기저기 뒤엉켜 뭐 하나 제대로 될 것 같지 않던 일들이 제자리를 잡는다. 몸은 마음이 돌아오길 기다리고, 주변 공기에 나의 숨결이 스민다. 이 얼마나 윤택한 시간인가.

직업상 낯선 곳에서 낯선 사람들에게 내 생각을 얘기해야 할 때가 종종 있다. 다른 사람이 내 말에 귀를 기울여 준다는 것은 큰 영광이다. 강연 요청은 되도록 모두 수락하는 편이라 지금껏 경험이 적지 않다. 하지만 낯선 환경에서의 강연은 예나 지금이나 쉽지 않다. 쉽게 긴장하는 성격 탓에 남의 옷을 입은 것처럼 신경이 곤두서서 제대로 말하지 못하던 때도 더러 있었다. 내가 하는 말을 내가 의심했고, 청중의 사소한 반응에도 진땀을 흘렸다. 좋은 강연이 될 리 없었다. 말하는 사람이 불편하면 듣는 사람은 스무 배 더 불편하다. 이런 나의 무대 공포증을 극복하고자 강연 장소에 일찍 도착하는 습관을 들였다. 시작 시간보다 한 시간 일찍 강연 장소에 도착해서 그 동네를 산책한다. 분위기도 익힐 겸 생각도 정리할 겸 걷다가, 근처 카페에 들러서 침착한 중년 남성 특유의 중후한 목소리로 커피를 주문한다.
"아메리카노. 향긋하게 한 잔 부탁해요."(찡긋하며)

커피를 들고 강연장에 앉아 있으면 시간과 공간이 내 피부에 밀착하는 순간을 포착할 수 있다. 바로 그때, 무대의 주인이 되어 분위기를 온화하게 달군다. 강연은 내용만큼이나 인상 또한 중요하다. 따뜻하고 생생한 분위기를 만끽한 청중은 좋은 강연이었다는 느낌을 받고 돌아간다. 나는 역시 최고야. 오늘도 해냈어. 어려운 일이 아니다. 고작 한 시간 일찍 출발했을 뿐이다.

강연은 가끔 있는 일이다. 그보다 일상적으로 발생하는 잦은 일정에 시간을 지키지 못해 나 자신에게 실망하는 경우가 최근 빈번히 발생했다. 회의, 상담, 모임과 같은 약속이 강연에 비해 가벼워서가 아니다. 이건 병에 걸린 탓이다. 2010년대에 들어 스마트폰에 입력하지 않은 일정을 기억하지 못하는 병에 걸렸다. 나이가 들수록 일정은 복잡해져 가는데, 난처하게도 병세는 호전될 기미가 없다. 나 말고도 이 병에 걸린 사람이 꽤 많은 듯하다. 모두들 어떤 시간을 내뱉은 뒤 책임지지 않는다. 최소한 두 번 이상 확인한 뒤에야 확실한 시간 약속으로 자리 잡는다. 한 달 전에 일찌감치 잡은 약속이 중간에 아무도 언급하지 않아 자연스레 없던 일이 되는 어처구니없는 상황도 가끔 벌어진다. 왜 이런 일이 발생하는 걸까? 나는 어쩌다 이 병에 걸렸을까?

훌륭한 도구는 삶을 바꾸는 동시에 능력을 퇴보시킨다. 인류는 지금까지 발명한 도구의 숫자만큼이나 다양한 생물학적 능력을 잃었다. 우리의 감각 기관은 조상의 그것보다 둔하다. 인간은 겨울에 야생에서 살아남지 못한다. 움직임이 그리 빠르지도, 힘이 세지도 못하다. 별자리를 보고 뱃길을 찾지도 못한다. 심지어 머신 러닝이 생겨남에 따라 가장 강력한 재능인 학습 능력마저 퇴화하고 있다. 휴대폰, 스마트폰은 나의 시간 관념을 퇴화시켰다. 스마트폰에 입력하지 않은 일정은 십중팔구 기억해 내지 못한다. 이를 단순히 똑똑한 비서에 멍청한 사장님 모델로 설명할 수는 없다. 여기에는 일정을 잘 챙기는 것만으로는 해결되지 않는 복합적 문제가 있기 때문이다.

시간 관리 기능이 탁월한 도구가 오히려 시간 관리를 어렵게 만드는 역설적 상황이 발생했다. 나는 스마트폰이 제공하는 명료한 시간표에 대여섯 개의 일정을 알뜰살뜰 채워 넣는다. 규모 있게 구성된, 심지어 시각적으로 아름답기까지 한 일정표를 바라보며, 하루의 모든 일이 정확히 맞물려 돌아갈 것이라는 착각에 빠진다. 하지만 현실은 알록달록 사각형 시간표와는 다르다. 차가 막히고, 회의가 길어지고, 똥이 마려워 배가 아프고, 제대로 쉬지 못해 녹초가 된다. 그제서야 나는 일정표에 새긴 아름다운 도표가 현실의 그림자에 불과함을 기억한다.

그뿐만이 아니다. 스마트폰만 있으면 일정에 차질이 생겼을 때 상황에 맞춰 일정을 조정하거나 취소하는 일이 어렵지 않다. 연락이 자유로우니 늦거나 약속을 취소하는 일을 가볍게 여긴다. 문자 한 통이면 간단히 해결할 수 있다. 이런 나의 태도가 과연 괜찮은 걸까? 간편함에 따르는 부작용은 없을까?

"그때 가서 다시 연락할게."

요즘에는 이런 식으로 약속을 잡는 경우가 흔하다. 시간 설정을 최후의 순간까지 보류함으로써 변경의 여지를 남긴다. 시간은 유동성을 띠고, 이 유동성은 나와 약속을 잡는 상대방의 일정을 유동적으로 만든다. 각자의 이전과 이후 일정이 불확실해진다. 그에 관계된 다른 사람의 일정도 쿨렁쿨렁 흔들린다. 상관없다고 생각한다. 어차피 그때 가서 취소하면 그만이니까. 다이어리에 일정을 기록하고 살던 시절에는 좋건 싫건 내가 시간에 맞춰 살아야 했다. 간단한 약속 하나도 공중전화를 찾아 동전을 넣고 전화를 거는 번거로움을 감수해야 조정이 가능했으니까.

휴대폰이 일반적으로 보급되기 전인 1990년대에도 모든 사람이 시간 약속에 철저했을 리는 없다. 그때는 그때대로 습관처럼 늦거나 약속을 저버리는 사람이 있었다. 성실한 약속 이행은 인격적인 측면에서 바라볼 문제다. 지난 25년간 우리나라 국민의 인격이 눈에 띄게 타락한 것 같지는 않다. 달라진 점이 있다면 시간을 인식하는 방식이다. 삐삐를 들고 다니던 시절에는 시간을 고정된 중심으로 삼고 움직일 수밖에 없었다. 약속으로 정한 시간은 기준이 됐고, 이 기준에 내 생활을 맞추는 식이었다. 요즘엔 오케스트라 지휘자처럼 그때그때 내 편의대로 일정을 지휘하는 일이 가능하다. 모든 사람이 시간을 자기중심으로 잡아당긴다. 시간 관념이 퇴화된 사람들이 시간을 지표로 삼기보다는, 제 행동의 흐름에 시간을 갖다 붙이는 형국이다.

시간을 철저히 지키는 사람은 점점 희귀해져서 이제는 거의 멸종 위기에 처했다. 시간 엄수가 희소성을 발휘해 강력한 무기가 되는 시대다. 친구를 만날 때는 늦든 말든 상관없지만, 공적인 만남에서는 조금 일찍 나타나는 것만으로도 관계에서 유리한 고지를 점령할 수 있다. 늦어서 허둥대는 사람은 흐트러진 리듬을 회복하기에 급급하다. 일찍 온 사람은 그 안절부

절한 모습을 동정하여 자비를 베푼다. 일찍 온 자와 늦은 자의 주종 관계가 그렇게 시작된다. 모든 만남에 습관적으로 늦는 사람도 겉으로 보기엔 멀쩡히 잘 사는 것처럼 보인다. 그러나 한 번 두 번 늦으며 신뢰는 서서히 무너진다. 중요한 일로 사람을 선발할 때는 신뢰가 없는 사람을 우선 제외하기 마련이다. 막상 제외된 사람은 본인이 왜 탈락했는지 이유를 모른다. 그저 운이 없었다고 생각할 터다. 아무도 그 사람에게 "시간 안 지키는 당신에게는 일을 맡길 수 없어."라고 친절히 알려 주지 않는다.

시간 약속만 잘 지켜도 신뢰를 얻을 수 있다. 참으로 간단한 요령이다. 나는 학생들에게 시간을 여유 있게 관리할 것을 요구하여 지각을 철저하게 단속하는 편이다. 사람인 이상 누구나 지각할 수 있다. 더구나 디자인학과 학생은 피로를 몸에 달고 산다. 창의성을 요하는 분야의 특성상, 과제는 정해진 분량을 채우는 종량제가 아니라 그 끝이 정해져 있지 않은 열린 결말인 경우가 많다. 끝없는 과제를 하다가 밤을 새우는 학생이 많고, 심지어 다음 날 아침까지 과제를 손에서 놓지 않는 욕심쟁이도 있다.(또는 일주일 내내 놀다가 수업 당일 새벽에 벼락치기하는 학생도 있다.) 요컨대 성실성과 무관하게 누구라도 지각할 수 있다. 신진대사가 왕성한 시기에 잠은 좀 쏟아지겠는가.

바쁘고 피곤함을 모르는 바 아니지만, 나는 학생의 미래를 걱정하는 훌륭한 교수잖아. 시간을 다스리는 훈련이 교육적으로 중요하다고 믿는다. 모범을 보이고자 나 자신부터 지각하지 않으려고 노력한다. 쉽지 않은 일이다. 수업이 연달아 있거나, 회의가 길어져서 시간이 촉박한 날은 점심 식사를 거르기 일쑤다. 오전 9시에 수업을 준비하려면 7시에 학교에 도착해야 하고, 그러기 위해서는 6시 전에 일어나야 한다.

지각을 엄격히 단속하는 방침은 꽤 효과가 있어서, 내 수업을 듣는 학생은 팔이 부러지지 않는 한 웬만해선 늦지 않는다. 이로서 시간 약속에 철저한 사람이 몇십 명 늘었구나. 이런 추세라면 10년 쯤 후에는 디자이너들은 시간 관념이 철저하다는 소문이 날지도 모른다. "디자이너를 만나기로 해서 일찍 나가 봐야 해. 그들이 얼마나 시간 약속에 엄격한지 알잖아. 어휴, 매사에 정확한 디자이너들, 정말 디자이너답다."

이런 공상을 하며 꽤 고무적인 기분에 빠진 적이 있었다. 그러던 어느 날, 내 수업에 지각하지 않는 학생 그룹이 다른 수업에서는 여전히 밥 먹듯이 지각한다는 얘기를 듣고 충격에 빠졌다. 학생들의 태도가 바뀌었다는 생각은 순전한 착각이었다. 달라진 건 없었다. 학과 내에서는 지각은 나쁜 것이라는 인식이 퍼지는 대신, 이지원 교수는 지랄맞다는 소문이 퍼졌다. 역시 수능 점수가 높은 아이들답다. 너무 똑똑해도 병이다.

왜 아이들을 대학에 보내려 하십니까

자유를 거부하는 학생

"왜 이렇게 했는지 설명해 볼래?"

"지난주에 교수님이 이렇게 하라고 하셔서요."

의식이 깊은 바닷속으로 가라앉는다.

"내가 시켜서 그랬구나. 그래, 너는 나의 아바타였지."

시키는 대로 따르며 배우는 것을 도제식 훈련이라고 한다. 청소하고 물을 긷는 등 허드렛일을 하는 와중에 스승의 솜씨를 어깨너머로 보고 배운다. 제자에게는 선택권이 없다. 정해진 대로 따르지 않는 수련생은 굶기거나 내쫓는다. 30년 뒤에 스승이 죽으면 제자가 스승이 되어 똑같은 훈육을 이어 간다. 제자의 제자가 청소한다. 제자의 제자의 제자가 물을 긷는다. 도제식 훈련은 교육이 아니다. 무작정 따라 하는 반복 훈련은 유튜브 동영상만으로도 충분히 가능하다. 그 정도 기술 훈련받자고 대학에 들어온 건 아니잖아.

대신에 대학은 자유롭게 생각하고 스스로 결정하라고 요구한다. 그리고 취업하라고 요구한다. 듣기엔 멋질지 몰라도 자신만의 관점으로 세상을 바라보기란 많은 수고가 따르는 일이다. 취업에는 도움이 되지 않는다. 대수롭지 않게 보던 모든 사항에 의문을 제기해야 하고, 사소한 일조차 스스로 결정해야 하는 피곤한 일이다. 그래서 학생은 교수나 학교 제도에게 이 고결한 권리를 떠넘기고 그들이 본인 대신 결정을 내려 주길 바란다. 무엇을 하면 졸업장을 받을 수 있는지, 어떤 답을 써내면 높은 학점을 받을 수 있는지 묻는다. 우리가 낸 등록금으로 월급을 받으면서 그 정도는 해 줄 수 있잖아요. 답을 알려 주지 않을 생각이면 교수는 하는 일이 뭔가요.

디자인 분야에 만인이 공유하는 방법이나 요령이 있다면 멋질 것이다. 자동 판매기처럼 정해진 절차에 따라 디자인을 콰당탕 내놓을 수 있다면 얼마나 행복할까. 하지만 그렇지 않은 덕분에 20년 이내에 사라질 직업 목록에 올라가지도 않고, 대학에서 연구할 만한 분야로 인정받는 것이니 불평할 수는 없다. 고등학교 이후의 공부는 간단하지 않다. 답을 외워서 써내는 정도로는 어림도 없다는 뜻이다. 지식의 습득은 어느 단계까지는 중요하지만 심화 단계에서는 큰 의미가 없다.

나는 대학이 교육 기관이자 연구 기관이라고 생각하는 순진한 사람이기에, 대학의 역할은 학문 분야의 미래를 만드는 일이라고 믿는다. 대학의 구성원은 해당 분야의 역사를 바탕으로 현재를 진단하고 미래상을 실험하는 과업을 짊어진다. 요즘 많은 대학이 이러한 본연의 정체성을 내다 버리고, 당장 돈벌이에 도움이 되는 직업 훈련소 역할을 자청한다. 이는 자신의 존재 이유를 부정하는 자살 행위나 다름없다. 취업이나 자격증 준비는 학원의 단기 과정이 제격이다. 기능 숙련은 특목고나 전문 대학에서 해야 군더더기가 없다. 대학의 시스템은 이런 간단한 연습을 하기엔 쓸데없이 비싸고 장황하다.

대학 교육은 아직 오지 않은 미래를 개척하는 활동이다. 교수는 경험을 토대로, 학생은 편견 없는 도전 정신을 밑천 삼아 끊임없이 전통을 의심하고 새로운 지식을 만든다. 이렇게 발생한 지식은 과거의 전통에 덧붙어 새로운 전통을 형성한다. 대학은 이렇듯 거창한 교육을 수행하는 연구 공동체다. 학문 분야에 새로운 지식을 이바지하기 위해 교사와 학생의 학업은 창조력을 필요로 한다. 그 속에서 교수의 역할은 답을 내주는 데가 아니라 자신과 학생에게 질문을 던지는 데 있다.

학점이라는 게임

얼마 전에 교육부가 황당한 정책을 내놓았다. 학점을 F로 받으면 그 과목을 재수강하더라도 첫 점수를 지울 수 없고, 졸업 평점에도 반영해야 한다는 규칙을 세운 것이다. 이 무슨 황당한 발상인가. 발단은 새누리당 소속 김희정 전의원의 말이었다. 김희정 전의원은 2013년도 320회 국정 감사에서 말했다.

> F 학점을 받았지만 정당하게 재수강을 통해서 바꾸도록 노력하는 학생이 있고, 끝까지 버텨서 F 학점을 남겨 둔 학생이 있습니다. 후자의 F 학점을 (대학이) 세탁해 줘서 학생 간 차등이 없는 것은 문제라고 생각합니다.[24]

---

24 『국회 회의록』(교육 문화 체육 관광부, 2013)

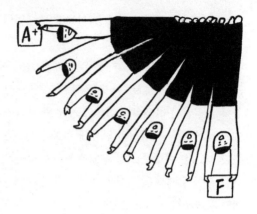

$A^+ \smile F$

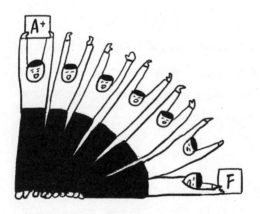

아니 연세대학교까지 나오신 분이 학점을 뭐라고 생각하시길래 국정 감사에서 저딴 말 같지도 않은 소리를 하셨을까. 이에 서남수 당시 교육부 장관은 전혀 몰랐으며 조치하겠다는 회피성 답변으로 일관했다. 피곤해서 집에 일찍 가고 싶었나 보다.

국정 감사 이후 '한국 대학 교육 협의회'라는 아리송한 이름의 단체는 이른바 성적 세탁을 중단하라는 공문을 각 대학에 보냈고, 덩달아 교육부는 F 학점을 학점 평균에 반영하지 않는 대학을 가능한 모든 수단을 동원해서 망하게 하겠다고 발표했다.[25] 이러한 교육부의 시정 권고 덕분에 학생은 자신에게 맞지 않는 공부를 포기할 권리를 잃었다.

김희정 전의원과 서남수 전장관의 논리는 공부를 열심히 하지 않아서 받은 F 학점을 성적표에서 삭제하는 행위를 금지하겠다는 것이다. 이분들은 대학 공부의 학점에 관해 큰 오해를 하고 계신 듯하다. 대학생은 교과목을 선택해서 수강할 수 있는 것과 마찬가지로, 그 선택을 포기할 수도 있다. 학생이 F를 받는 이유가 반드시 나태함 탓은 아니다. 태만한 학생은 오히려 D 학점을 받는 경우가 많다. 갑자기 아르바이트가 생기거나, 수업 내용이 예상과 다르거나, 교수가 맘에 안 들거나 하는 다양한 이유로 수업을 내려놓는 경우 받게 되는 것이

---

25   망하게 한다는 표현은 결코 과장이 아니다. 교육부는 학점 포기 제도나 "재수강 없이 F 학점을 삭제하는 경우", "졸업 사정 시 F 학점을 삭제해 주는 경우"를 모두 문제로 보고, 2014년 3월 이후 제도 개선이 미흡한 대학에 여러 제재를 가할 것을 검토하겠다고 공표했다. 이 조치에는 인원 감축, 국가 장학금 2유형 축소, 교육부 지원 축소, 정부 재정 지원 사업 참여 제한, 해당 학교 학생들에 대한 학자금 대출 제한, 자발적 퇴출 유도 등의 행정 제재가 포함된다.

바로 F다. 끝까지 버텨서 남겨 두는 게 아니다. 듣고 싶지 않은 과목을 듣지 않겠다는데 그것을 정당성과 연결 짓는 건 무슨 논리인지, 그리고 학점으로 학생 간 차등을 둬야 하는 교육은 도대체 어느 행성의 교육법인지 묻고 싶다.

문제는 F 학점만이 아니다. 모든 학생이 A 학점을 받거나, 반대로 모든 학생이 D 학점을 받는 결과는 언제든 나올 수 있다. 학생의 수학 능력이 전반적으로 뛰어났고, 수업 분위기가 좋았다면 많은 학생이 A를 받아야 자연스럽다. 하지만 현재 교육부와 대학은 모든 교과목에 상대 평가를 적용함으로써 학생 개인의 수업 성취도와 관계없이 미리 주어진 등급 비율을 지킬 것을 강요한다. 어떻게든 A는 30퍼센트, B는 40퍼센트를 이하로 맞춰야 한다. 그 이상으로는 성적을 입력하는 것조차 허용되지 않는다. 왜 이렇게 됐을까?

이에 관해 교육부는 학점 인플레이션이 문제라고 한다. 쉽게 말해 학점이 높은 학생이 많아서 그 잘난 차등을 두기가 곤란하다는 얘기인데, 도대체 학점으로 대학생을 경쟁시켜서 교육부가 달성하고자 하는 교육적 목적이 무엇인지 묻고 싶다. 내가 잘 모르는 어떤 분야에서는 학점이 곧 실력으로 연결되는지 모른다. 하지만 창의력을 필요로 하는 학과 공부는 학점만으로 학생의 성취를 헤아릴 수 없다.

학점을 높게 받는 학생은 수업의 시스템을 잘 파악하는 쪽이다. 평소에 손해 보는 일을 피하는 깍쟁이가 학점 따기 게임에 강하다. 도전적이고 무모한 학생은 점수 면에서 손해를 보곤 한다. 학점이란 그런 것이다. 근면과 자기 관리 능력 평가에는 유용한 지표가 될 수 있다. 하지만 그런 시시한 사항으로 젊은이의 잠재력을 짐작이나 할 수 있을까.

상대 평가(라고 쓰고 경쟁 평가라고 읽는다.) 제도는 불합리하다. 특히 내 수업 같은 경우 교과 과정을 경쟁 구도로 구성하지 않기 때문에 처음부터 학생 간 비교가 무의미하다. 작년에 진행한 과제 하나를 예로 들어 보자.

과제 개요: 관심 있는 문화 집단을 선정해 그들을 대표하는 시각적 정체성을 레터링 형식으로 디자인한다.

이 과제의 시작점에서 각각의 학생은 서로 판이한 대상을 선정한다. 어떤 학생은 우연히, 또는 약삭빠르게 시각적으로 표현하기 쉬운 집단을 선택하고, 어떤 학생은 고생길이 훤히 보이도록 어려운 대상을 선택한다. 이런 경우 나는 형평성을 기하기 위해 까다로운 소재를 반려할 것인가, 아니면 어렵더라도 시도해 보라고 독려할 것인가 하는 선택지 중 후자를 택한다. 어려울수록, 고민을 많이 할수록 공부가 된다는 사실을 알기 때문이다.

과제가 끝날 무렵, 어려운 소재를 선택한 학생은 까무러치게 대단한 결과를 내든지 아니면 멘붕에 빠져서 폐인이 되든지 둘 중 하나가 되기 쉽다. 그에 반해 쉬운 소재를 택한 학생은 큰 기복 없이 집중해서 완성도 높은 (하지만 뻔히 예상되는) 결과를 가져오곤 한다. 물론 어떤 경우든 극단적으로 실패하거나 구태의연해지지 않도록 유도하는 것이 내가 할 일이다. 하지만 독특한 실험을 감행하는 학생이 높은 학점을 따기에 불리한 위치에 있다는 사실은 분명하다.

모두가 납득할 만한 평가를 해야 하는 상황에서 "너의 호

연지기를 높이 사마."라는 식으로 높은 점수를 줄 수는 없는 노릇이다. 지금처럼 학점으로 공부의 성과를 판단하려 드는 상황에서는 어떤 식으로도 학점 평가 본연의 취지를 살릴 수 없다.

본업은 업적, 수업은 부업

한때 학문적 신뢰와 사회적 명예의 상징이었던 대학 교수가 요즘 비난과 조롱의 대상이 된 상황은 전혀 이상할 게 없다. 지금껏 밝혀진 교수 사회의 비리와 악행이 어찌나 추잡한지, 그들의 직함을 물려받았다는 사실이 부끄러울 정도다. 과거의 문제만은 아니다. 요즘에도 그런 교수는 흔하다. 내가 아는 모 대학 교수(라고 쓰고 인간쓰레기라고 읽는다.)는 1년에 논문을 수십 편이나 발표하는 기염을 토하는 중이다. 물론 정상적으로 연구해서는 불가능한 속도다. 그 천박한 교수 놈은 하나의 논문을 조금씩 변형해서 마치 여러 논문을 발표하는 것처럼 보이게 한다. 연구 성과를 부풀리는 오병이어의 기적……이를 어려운 말로 자기 복제 혹은 자기 표절이라고 한다. 그런데 이놈이 부끄러워할 줄은 모르고, 업적 평가 위원회에서 점수를 더 많이 인정해 주지 않는다고 투정을 부리네. 더욱 쓰레기다운 점은 그 보잘것없는 논문마저도 대학원생이 쓴 것이고, 표절도 투고도 몽땅 대학원생을 시킨다는 점이다. 도무지 학자가 지녀야 할 존엄과 책임감이라곤 눈을 씻고 찾아봐도 없다.

이렇게 복사기로 찍어내듯 부풀린 가짜 연구를 업적으로 포장하고, 그것을 밑천 삼아 국가 사업 공모에 제안서를 낸다.(제안서 작성 역시 대학원생의 몫이다.) 사업을 발주하는 공무원은 쓰레기 교수의 업적을 일일이 확인하기 귀찮은 나머지 논문 개수만 확인하고 높은 점수를 준다. 쓰레기가 사업을 딴다. 사업 자금(세금)을 받아 노예처럼 부릴 대학원생을 고용하고, 서른 살도 안 된 풋내기들이 국가의 중책을 수행한다. 쓰레기 교수는 이따끔 신문사 인터뷰에 얼굴을 내미는 게 다다. 당연히 사업은 망하고 세금이 공중분해되지만 그깟 건 중요하지 않다. 그냥 뭉뚱그려 잘됐다는 식으로 보고서를 꾸며서 구색만 맞추면 그만.(물론 보고서 작성은 대학원생의 몫이다.)

대성공이었다고 날조한 사업 결과가 쓰레기 교수의 또 다른 업적으로 쌓인다. 그렇게 독버섯처럼 자라난 쓰레기들이 어디 협회 회장이네, 무슨 법인 사외 이사라고 하며 거물 행세를 한다. 그들 중 대학원생을 쥐어짜는 능력이 단연 탁월하고, 여러 초대형 사업 몇 개를 시원하게 말아먹은 쓰레기 중 한 명은 공직 후보로까지 거론된다. 서류상 경력만 보면 스티브 잡스를 쌈 싸 먹을 정도거든! 그 인간들이 업적이라고 써낸 수많은 논문과 사업 들이 제대로 이뤄지기만 했어도 우리나라는 남북통일을 넘어 유라시아 대륙을 정복했으리라. 우리나라에 이런 쓰레기 교수가 한둘이 아니다. 그들은 지금껏 이런 짓을 아무 거리낌 없이 해 왔고, 후배 쓰레기들에게 그 뜻을 물려줬다. 이런 상황에서 교수를 향한 존경이 가당키나 하단 말인가. 같은 쓰레기로 몰리지 않길 바랄 뿐.

교수는 철밥통이란 말이 있다. 매일 거드름이나 피우고, 심지어 범죄를 저질러도 학교에서 쫓겨나지 않는 교수를 보며 사람들은 대학의 정년 제도를 의심한다. 교수 정년제, 정확히 말해 종신 재직권은 왜 있는 걸까? 대학은 사사로운 이익과 상관없이 기초 학문 연구를 지원하는 기관이다. 삼성 연구

소와는 다르다. 대학에서는 다음 달에 신제품을 출시하지 않아도 괜찮다. 교육부는 그렇게 생각하지 않는 것 같지만 기초학문은 상업적 이익과 상관이 없고, 오랜 연구 기간을 요한다. 이런 경우 학교는 성과를 생산해야 하는 압박에서 벗어나 장기간 연구에 몰입할 수 있는 환경을 마련해 줘야 하는데, 이를 가능케 해 주는 제도가 종신 재직이다. 대학이 학자의 신분을 보호해 주지 않는다면 자유 시장 사회에서 그들은 금세 멸종할 것이다.

취지가 그렇다는 말이다. 복지부동 월급만 꼬박꼬박 타가는 교수에게 종신 재직권을 주는 것은 기생충에게 숙주를 제공하는 거나 마찬가지다. 그들은 등록금을 빨아먹고 얻은 힘으로 학기 중에는 휴강하고(신난다! 휴강이다!) 방학 중에는 (학교 행정은 나 몰라라) 해외여행을 떠난다. 소문에는 한 학기에 두어 번 얼굴을 비치는 교수도 있다고 한다. 최근에 대학이 엄격히 단속한 결과 이 정도로 심한 경우는 많이 줄었다. 그러나 자신의 본업은 어딘가 더 높은 곳에 있고, 수업은 구슬 꿰기 부업 정도로 생각하는 교수는 여전히 존재한다. 수업 시간에 매일 늦고, 술 마시고 들어오고, 속물스러운 잡담만 늘어놓고, 기분대로 학점을 줘도 아무도 뭐랄 사람이 없다. 대학생들에게 부탁한다. 부디 이런 교수를 가만히 놔두지 말길. 학생 무서운 줄 알게 해 주자.

연구년 제도도 문제다. 연구년은 6년에 한 번씩 한 해 동안 수업을 맡지 않는 제도로 '안식년'이라고도 부른다. 연구년과 안식년은 각각 research year, sabbatical을 번역한 용어다. 교수에게 연구년은 왜 필요할까? sabbatical이란 말은 유대교와 기독교에서 안식일을 뜻하는 sabbath에서 온 말이다. 유대인의 안식일은 노는 날이 아니라 <u>노동하지 않는 날</u>이다. 유흥 활동을 하지 않음은 물론이고, 난방기나 가전제품을 사용할 수 없다. 일체의 상업 활동이 금지되고, 이날을 활용해 대청소를 해야 한다. 교수에 대입해서 생각해 보자면, 반복되는 수업과 행정에서 벗어나 연구와 공부에 몰입하고, 신지식으로의 능력 확장을 도모하는 시간이 안식년이다. '안식'이라는 단어를 '여가'로 오해하고 365일 연휴인 양 지내는 교수는 자율을 보장하는 수준 높은 제도를 감당하지 못하는 덜떨어진 인간이다.

어떤 교수는 본인이 실력 있는 후배 자리를 차지하고 있다며 자책한다. 염치가 가상하긴 하다만, 과연 고민할 필요가 있을까. 교수직을 그만두면 될 일이다. 긴 시간 동안 학교에 있으면서 학문적 실력을 쌓지 않았다면, 그 교수는 뭘 하며 시간을 낭비한 걸까? 모든 영역에서 최신의 지식을 갖추기는 불가능하지만, 교수라면 적어도 제 연구 분야에서만큼은 다른 사람을 압도할 수 있어야 한다. 그렇지 않고서야 낯부끄러워서 학생 앞에 설 수 있겠는가.(학부생보다 무식한 교수도 많다.)

공부를 직업으로 삼은 사람에게 재교육은 어불성설이다. 교수가 해야 할 활동, 수업, 연구, 저술, 발표, 전시가 모두 재교육 그 자체다. 공부가 싫은 사람이 왜 공부하는 직업을 갖고 있지? 인생은 짧다. 나가서 정치하든, 회사를 차리든, 프로 골프 선수가 되든, 뭐라도 자신에게 맞는 다른 일을 찾아야 할 일이다. 하지만 받아 주는 곳이 없다는 게 함정.

교육에 관심 없는 교육부

길 가는 사람을 붙잡고 교육이 무엇이냐고 물으면 꽤 다양한 대답이 나오겠지만, 그중에 "대기업에 들어가기 위한 준비."란 대답은 나오지 않을 것이다. 교육의 사전적 의미에는 인격을 길러 준다라는 고결한 개념이 들어 있다. 구체적인 목표를 달성하기 위해 특정 능력을 향상하는 연습이나 훈련과는 달리, 교육은 사람이 갖춰야 할 가치, 신념, 태도 등을 포괄적으로 다룬다는 점에서 결코 단선적인 과정이 아니다.

학창 시절 만난 정시화 교수는 선비 같은 분이었다. 사리 분별이 빠르고 직언 직설을 망설이지 않는 그의 기풍은 서리가 내릴 정도로 싸늘했다. 수업 시간뿐만 아니라, 학교 곳곳에서 예비 디자이너들의 생활을 지도한 덕분에 학과에는 언제나 긴장감이 넘쳤다. 디자이너는 짜장면을 먹을 때도 디자이너답게 먹어야 한다는 게 그분의 자세였다. 학생들은 그를 선생님으로 여기고 경외했다. 정시화 선생님의 수업을 두 개 들었는데 그 내용은 기억에 남지 않는다. 뭔가 배우긴 했을 것이다. 단지 그분의 실천과 언행에서 오는 교육에 비해 수업에서 익힌 지식과 기술이 큰 의미로 남지 않았을 뿐이다. 선생님은 나에게 낮은 학점을 주셨을 뿐만 아니라, 취업 추천 같은 실질적인 도움도 주지 않으셨다.(사실 교수는 학과 운영을 도맡음으로써 모든 학생에게 막대한 도움을 준다는 점을 잊어서는 안 된다.) 그런데도 정시화 교수님을 무능하다고 생각하는 제자는 없다. 오히려 그는 동문 사이에서 훌륭한 선생님으로 칭송이 자자하다. 정시화 선생님이 행한 여러 교육 중에서 주된 핵심은 디자이너가 갖춰야 할 인격의 모범을 보이신 것이다.

타이레놀과 달리 바람직한 교육은 당장 어떤 효력(예를 들면 대기업 취직)을 일으키지 않는다. 물론 학생이 취업을 원한다면 도와주고 싶다. 회사에 소개하거나 취업에 도움이 될 만한 활동을 권하는 것은 같은 분야의 선배로서 해 줄 수 있는 일이다. 하지만 그것은 교육과는 별개 활동이다. 뉴스에서는 한국 대학생의 유일한 목표가 취업인 양 말하지만, 현실은 꼭 그렇지만도 않다. 졸업을 앞둔 학생 중에는 취업을 원하지 않는 학생이 뜻밖에 많다. 이유는 다양하다. 조직 생활을 싫어하는 학생도 있고, 긴 학업에 피로가 쌓여서 차분히 진로를 고민해 보려는 학생도 있다. 전례가 없는 새로운 분야에서 창업을 앞둔 경우도 있다.

"졸업하고 뭐 할 거야?"

"1년 정도 쉬면서 가끔 여행도 할 생각이에요."

"생계는 유지할 수 있어?"

"프리랜서로 하던 일이 있어요. 당분간은 조금 벌어서 조금 쓸 거예요."

이 자유로운 영혼에게 과연 취업의 굴레를 씌울 필요가 있을까?

대한민국 교육부(취업부)가 추구하는 취업 제일주의에 따라 평하자면 이따위 나태한 졸업생은 우리 사회의 암적인 존재다. 따라서 모든 4년제 대학 졸업생은 국민과 정부의 기대에 부응하고자, 본인의 의지나 적성과는 무관하게 무조건 4대 보험을 제공하는(취업률에 집계되는) 기업에 취직해서 애국해야 한다. 마치 네 살배기 아이에게 브로콜리를 억지로 먹이듯, 교육부는 성인이 된 청년에게 취업을 먹이지 못해 안달이다.

교육의 가시적인 성과는 시간이 충분히 지난 후에 나타난다. 사람에 따라서 10년, 20년이 걸리기도 한다. 나만 해도 회사 생활에 유학까지 마친 후에야 비로소 디자이너 구실을 할

노─력을 더 하세요

─ 기준 미달입니다

수 있었고, 그 전까지는 대학에서 받은 교육이 어떤 의미인지를 이해하지 못했다. 무려 7년을 할애한 셈이다.

당장 성과를 내기는 어렵지 않다. 교수가 학생에게 모든 걸 구체적으로 지시하면 그만이다. 그렇게 하면 학생은 적어도 교수의 능력이 닿는 정도의 완숙한 결과를 내놓을 수 있다. 하지만 그것을 두고 과연 학생의 공부라고 할 수 있을까. 시키는 대로 따라만 해서 무슨 공부를 할 수 있을까. 교육을 제대로 받은 학생은 긴 안목과 선한 인격을 갖춘다. 바꿔 말하면 단기적 성과와 경쟁에 관심을 두지 않는 진짜배기 인재가 된다.

교육부로서는 입장이 난처할 것이다. 우리나라의 장관 평균 재임 기간이 1년이 채 안 되는데, 무려 10~20년 앞을 바라보라니. 올해 당장 어떤 일을 벌여서 생색을 내야 하는 처지에서 본다면 교육부는 최악의 분야를 쥐고 있는 셈이다. 융합, 창의, 특성화 따위의 수사를 갖다 붙이는 것도 하루 이틀이지, 무슨 수를 써서 분기별로 이슈를 만들고 새로운 비전을 내놓을지 짐작만으로도 답답하다.

설상가상 급감하는 인구 탓에 학교는 하나둘씩 망해 가는 추세다. 대학교는 온갖 계약과 이권이 얽혀 있어서 섣불리 없애거나 축소하기가 쉽지 않다. 교육부는 이런 변화에 주도적으로 대응하고 싶은 의욕이 없다. 학과 하나만 없애려고 해도 관련자들이 결사 항전의 태세로 나서는 판에, 누가 무슨 욕을 얻어먹자고 변화를 선도한단 말인가. 하지만 마냥 손 놓고 관망할 입장도 못 된다. 교육부는 앞으로 벌어질 대학의 붕괴에 관해 여론의 뭇매를 피할 수 없다. 더구나 지금 이 시각에도 정치인과 경제인은 취업난이라는 공공의 폭탄을 교육 탓으로 떠넘기는 중이다.(대학과 교육부 사이에 얽힌 여러 아귀다툼도 있으리라 짐작하지만, 확인할 방법이 없으므로 언급하진 않겠다.) 그래서 교육부는 각종 재정 지원과 교육 지원 사업을 들이밀며 돌파구를 찾는다. 점수로 경쟁시키는 우리나라 교육의 고전적 수법을 고스란히 따왔다는 점이 참으로 교육부답다. 2010년부터 취업률 상승과 구조 조정을 명목으로 후려치기 시작한 정부 재정 지원 제한 대학 평가에 따른 부실 대학 척출은 이런 웃픈 상황을 단적으로 시사한다.

때는 2014년.

정치인   국민 여러분, 취업 안 돼서 힘드시죠?(타자화로 책임 회피) 취업 대란을 누구 탓으로 돌려야 다음 선거에 지장이 없을까요?

교육부   제가 말해 보겠습니다. 취업이 안 되는 건 혹시 대학 탓이 아닐까요? 1980년대에는 대학만 졸업하면 모두 취업이 됐잖아요. 요즘엔 왜 안 되죠? 대학이 제대로 된 인력을 배출하지 못해서 그런 것 아니겠습니까? 마침 잘됐네요. 이참에 취업률로 경쟁을 붙입시다. 교육은 역시 경쟁이죠! 경쟁력이 떨어지는 대학을 경영 개선하도록 유도[26]하겠습니다.

정치인   대단하십니다. 역시 우리나라의 교육을 이끌어 갈 자격이 있어요.

---

26   2014년 정부 재정 지원 제한 대학 평가 기본 계획(안) 참고. 교육부 웹사이트 (www.moe.go.kr) 대학 특성화 지원 게시판 자료에서 전문을 열람할 수 있다.

교육부	경쟁력 떨어지는 대학이 어딘지 알아보겠습니다. 어디 보자…… 취업률, 충원율, 교원 확보율, 등록금 인상률 등등. 100점 만점에 몇 점? 줄을 서시오.
대학교	망했다. 여기서 찍히면 국책 사업, 교육 사업 앞으로 국물도 없대. 신입생 학자금 대출도 막힌다는데 어떡하지. 점수 관리해. 수단과 방법을 가리지 말고 취업률 높여. 취업 안 되는 졸업생은 우리 학교에 취업시켜.(강으로 돌아오는 연어.) 취업 브로커를 고용해. 동문 사장들한테 전화 돌려.(직원 안 뽑는다는데요.) 잠시만 건강 보험에 올려 주면 된다고 해. 이것도 저것도 안 되면 대학원에 밀어 넣어.(대학원에 진학하는 학생은 취업률 조사 대상으로 집계되지 않는다.) 교원 확보율? 교수 뽑아.(갑자기 누굴요?) 일단 뽑아. 나중에 해고할 수 있는 조건으로. 점수 낮으면 망해. 살고 보자.
인문·예술학과	이게 무슨 병……. 취업하는 예술가가 많을 턱이 있냐고. 너희가 뭔데 우릴 평가하냐! 다 같이 궐기하라!
교육부	화나셨어요? 그럼 너희는 따로 할게요. 됐죠?(점수 계산이 복잡해지지만 난리 치는데 어쩔 수 없지.) 안 그래도 점수 사기 치는 대학이 많아서 재정비할 필요가 있었어. 이제부터 취업률 점수는 이렇게 계산한다.

0.6×('13.6.1일자 취업률+국세 DB 취업률)+0.2×

('12.12.31일자 건보 DB 취업률+예체능계 인정 취

업률)+0.2×('12.6.1일자 취업자의 유지 취업률)

* 인문 예체능 계열 취업률 제외, 배점 축소(20퍼센

트→15퍼센트)

* 유지 취업률 도입

* 교내 취업률은 3퍼센트까지 인정[27]

이제 불만 없죠? 이 점수로 당신들의 경쟁력을

평가할게요. 예체능 계열은 평가받고 싶으면

받고, 싫으면 받지 않아도 괜찮습니다. 높은 점

수순으로 다시 줄 서세요. 뒤에서부터 15퍼센

트는 부실 대학입니다. 하나 더, 정원을 감축하

여 구조 조정을 적극적으로 추진[28]하면 가산

점을 드립니다.

인문·예술학과　뭐임. 이거 뭐임. 여기 작게 써 있는 거 뭐임?

* 단, 평가 대상에 포함되지 않은 경우 정부 재정 지

원도 제한[29]

아…… 씨×.

대학교　아휴…… 줄 다시 선다. 점수 계산해 봐. 뭐

라고? 예체능? 깜박 잊을 뻔했네. 이런 충수

염 같은 놈들. 도대체 점수에 도움이 안 돼. 잠

27　같은 곳.
28　같은 곳.
29　같은 곳.

깐.(잔머리 가동) 구조 조정에 써먹으면 가산점을 획득할 수 있잖아! 예술 대학의 구조를 조정한다.(예술은 인간 본성을 탐구하는 엄청 소중한 학문이지만, 교육부 평가에는 도움이 안 되므로 축소한다.) 구조 조정을 하면 가산점 획득이래. 이렇게라도 써먹으면 좋잖아! 그리고 너희 솔직히 좀 그래…… 공예나 텍스타일이나, 성악이나 작곡이나, 체육이나 무용이나…… 거기서 거기잖아, 사이좋게 합쳐, 합쳐.

학생   학교의 주인인 학생과 아무 논의 없이 통보만 일삼는 대학 본부의 처사에…….

대학교   쉿! 알아. 너희 맘 알아. 하지만 지금은 비상사태야. BK, CK, LINK, PRIME, CORE 사업 당선되면 수십억 원 벌어 올 수 있으니까 좀 도와주라, 응? 그리고 총장님께서는 공사다망하셔서 너희를 만나 주시기 힘들단다. 그러니까 찾아오지 마.

선생님의 전성기

대학교 시절 은사이자, 영원한 멘토인 윤호섭 선생님이 우리 학교를 방문하시어 특별 강연을 해 주셨다. 이 소식을 들은 한 친구가 물었다.

"강의는 어떤 내용이었어?"

대답이 바로 나오지 않았다. 선생님의 강의는 무엇을 주제로 한다기에는 그 범위가 넓었다. 환경 위기에 관한 내용이면서 동시에 예술과 한 인간, 나아가 모든 사람의 삶에 관한 얘기였다. 말씀은 결코 어렵거나 낯설지 않았다.

선생님께 글로 쓰기 전에는 제대로 알기 어렵다고 고민을 털어놓았더니 선생님은 당신이 글을 쓸 줄 모른다고 들려주셨다. 나의 철학은 한낱 지식과 평가로 얼기설기 짜 맞춘 것이고, 선생님의 철학은 인생 자체. 나는 알려고 노력하는 중이고, 선생님은 앎을 내려놓으셨다.

지금이 윤호섭 선생님의 전성기인가 싶다.

93' 대전 엑스포

시작은 서글픔이었다. 옛 사진을 발견할 때, 익숙한 향수 입자가 코의 점막에 닿을 때, 한 시절 곁에 뒀던 노랫말이 울릴 때, 잊었던 감각이 풀풀 살아나 느끼는 흔한 애처로움. 그해 늦여름은 농밀한 습기와 불꽃놀이의 화려함으로 기억한다. 그런 종류의 들뜸과 낙관은 이전에도 이후에도 없었던 독특한 감정이다. 1993년 나는 세상의 중심에 있었다. 그곳은 시간과 공간을 초월해 나의 인식을 세상과 미래로 확장해 주는 장소였다.

2010년 어느 날 그 장소에 가 보기로 하고, 한가한 시간에 홀로 과학 공원 서문을 찾았다. 지나는 길도 아니었고, 바쁜 와중 짬을 내어서도 아니었다. 비유하자면 성스러운 순례랄까. 그곳은 내가 주인공이던 장소니까. 선선한 날씨에 태양은 높고 매미가 울었다. 어쩌다 사람을 마주치면 자연히 서로 의식하게 될 정도로 관람객이 적었다. 연신 하품을 하며 선심 쓰듯 자리를 지키는 직원은 오래된 유물에 붙은 장식처럼 보였다. 건물에서는 마른 장작 냄새가 났다.

그곳은 방치된 장소다. 대전에서 보낸 10대의 마지막은 그렇게 멈췄다. 과거가 말하는 미래는 현재가 아니다. 미래는 남아도는 상상력의 부산물일 뿐 물리학이 말하는 시간성과는 관련이 없다. 미래 사회 따위를 지어낼 시간에 더욱 현실적인 문제, 이를테면 3당 합당과 같은 사안을 신경 쓰는 편이 훨씬 건설적이었을 터다. 화려했던 박람회장은 아무 말도 하지 않는다. 요란한 매미 울음에 정적이 두드러진다. 화석처럼 굳은 미래에서는 기묘한 냄새가 난다.

쓸모가 다해 버려진, 또는 제대로 버려지지도 못한 장소를 들추어 무엇을 얻고자 하는가. 나는 싸늘한 놀이동산에 들어가 그 모습을 관망했다. 그것은 과거의 미래인 동시에 현재의 과거다. 하지만 20년이 지난 지금 이 모습을 목격한다 한들 달라질 건 없다. 잠시 기억했을 뿐이다.

명치나
맞지 않으면
다행이지

1판 1쇄 펴냄 2016년 7월 1일
1판 8쇄 펴냄 2020년 7월 22일

지은이 이지원
발행인 박근섭, 박상준
펴낸곳 ㈜민음사

출판등록 1966. 5. 19. 제16-490호
서울특별시 강남구 도산대로1길 62(신사동)
강남출판문화센터 5층 06027
대표전화 02-515-2000 팩시밀리 02-515-2007
www.minumsa.com

ISBN 978-89-374-3312-2 (03800)

* 잘못 만들어진 책은 구입처에서 교환해 드립니다.